BESTSELLER

Leonardo Ortega es un escritor veracruzano, egresado del Instituto Politécnico Nacional. Trabajó durante 33 años en la industria farmacéutica y en la alimenticia. Fue alumno de la Sogem y asistió a diversos talleres literarios; no obstante, se mantiene alejado de otros escritores. Es autor de seis novelas: *No nos dejaron otro camino*, *El canto de los grillos*, *El síndrome del poder*, *Los desechables*, *El neoplan de Tantoyuca* y *Nunca te dimos por muerto*.

LEONARDO ORTEGA

La quinta aparición

DEBOLS!LLO

La quinta aparición

Primera edición: marzo, 2011

D. R. © 2011, Leonardo Ortega

D. R. © 2011, derechos de edición mundiales en lengua castellana:
Random House Mondadori, S. A. de C. V.
Av. Homero núm. 544, col. Chapultepec Morales,
Delegación Miguel Hidalgo, 11570, México, D. F.

www.rhmx.com.mx

Comentarios sobre la edición y el contenido de este libro a:
megustaleer@rhmx.com.mx

ISBN 978-607-310-173-8

Impreso en México / *Printed in Mexico*

Hay días que comienzan como cualquier otro y sin que nadie lo advierta, inesperadamente, están destinados a reinventarlo todo: desde la vida de una persona hasta el futuro de una nación.

Antigua Basílica de Guadalupe, 2008. El albañil Joaquín Gutiérrez decidió que era hora de un descanso. Volteó a su alrededor y al no ver al arquitecto, fue al altar para recoger del suelo la bolsa de su almuerzo. Antes de sentarse, se persignó.

—¿Qué, ya estuvo? —dijo a sus espaldas Luis Pérez, uno de sus compañeros.

—Pues… ya hace hambre, ¿no? —respondió Joaquín. Aplaudió un par de veces para desempolvarse las manos y desenvolvió la bolsa con su almuerzo.

—No traigo nada, voy a esperar a la salida —dijo Luis. De igual modo se sentó frente a Joaquín para mirar—. ¿De qué es? —quiso saber, y no pudo evitar que se le antojara tremendamente. Joaquín negó con la cabeza mientras atacaba la codiciada comida.

—Al rato te echas unos tacos —dijo Joaquín, con la boca llena.

—Resignado, Luis estiró las piernas, moviendo con ello una de las baldosas.

—Ve lo que haces —le reprendió Joaquín.

—Igual las íbamos a quitar todas —fue su respuesta, y empujó aún más la pieza floja, despreocupado. Ante sus ojos se produjo un hueco del tamaño de un puño—. Mira —le indicó a Joaquín, quien tras mirar, se encogió de hombros.

—Luego lo tapamos —dijo de nuevo masticando.

—¿Cuántas veces les he pedido que no coman aquí adentro?

La voz de su jefe, el arquitecto, sobresaltó a los dos trabajadores.

—Lo estábamos esperando, "arqui" —improvisó Luis, mientras su compañero engullía a toda prisa y se limpiaba la boca—. Queríamos preguntarle si tapamos este hoyo.

—Sí, claro —dijo sarcásticamente el arquitecto—. Váyanse a comer y de regreso lo tapan. No queremos restos en el altar.

Los albañiles se pusieron de pie y se alejaron. El arquitecto dirigió la mirada a la cúpula de la Basílica. Aún faltaba mucho por hacer. Se trataba de un trabajo apasionante, pero había días, como ése, tan rutinarios, tan agotadores… La luz matinal entraba por los ventanales sobre su rostro, y el arquitecto tuvo que cerrar los ojos, deslumbrado.

—Bueno, a trabajar —dijo para sí, en voz alta, aunque tuvo que esperar unos segundos a que la luz, que seguía rebotando dentro de sus párpados, se disipara y le permitiera ver claramente dónde pisaba. Inclinó la cabeza hacia abajo y abrió los ojos poco a poco, pero seguía encandilado. Parpadeó un par de veces y el efecto fue desapareciendo.

—Ahora sí, a… —se interrumpió al notar un resplandor intenso y diminuto que provenía del hueco que le habían indicado los trabajadores. Un trozo de vidrio, pensó. Dio un paso en dirección a la capilla votiva aledaña, pero al instante se detuvo. Buscó de nuevo el brillo subterráneo, sin éxito. Se hincó y acercó la cara al hueco. A simple vista no vio nada, sólo un pequeño defecto de construcción, pero dentro de su estómago, unos dedos invisibles le hacían cosquillas: la curiosidad. Sonrió, burlándose un poco de sí mismo, y se arremangó la camisa.

—A ver, a ver —tarareó. El hueco no era muy profundo. Pronto sus dedos sintieron la tierra que había servido de base a ese gran monumento histórico por casi tres siglos. Iba a sacar el brazo, decepcionado, cuando una de sus uñas, "demasiado largas ya", pensó, produjo un sonido metálico al chocar contra algo. Las cosquillas en el estómago aumentaron. "Esto deben sentir los arqueólogos", se dijo emocionado. Debía estirar más su brazo para que sus dedos lograran asir el objeto. Se recostó, su rostro casi rozaba el suelo empolvado. Con la punta de los dedos alcanzó a palpar el misterioso objeto, pero se distrajo momentáneamente al escuchar risas y voces. Levantó la mirada, con la frente empapada en sudor: un trío de albañiles lo observaba divertido.

—Váyanse a comer, ¿sí? Tómense un descanso —les ordenó. Los trabajadores intercambiaron miradas y risas y al arquitecto le irritó sentir que el rubor le subía al rostro. Finalmente se marcharon, y Gabriel volteó a todos lados. No había nadie más en el pasillo. Continuó su labor, estirando sus músculos lo más posible, presa de una incontrolable curiosidad.

—¡Ah! —exclamó satisfecho al lograr su objetivo. Atrapó lo que parecía ser un cilindro de metal de unos veinte centímetros de longitud—. Perfecto —murmuró, molesto: el objeto era demasiado grande para pasar a través del hueco. Lo soltó y sacó su brazo con demasiada prisa, raspándose la piel en el proceso. Se incorporó y buscó con la mirada algo que pudiera servirle para agrandar la cavidad. Debían haber martillos y otras herramientas cerca de ahí, pero no quiso alejarse. Se puso de pie de un salto y comenzó a golpear el delgado pavimento con el talón de su bota. El suelo se resquebrajó. Gabriel cayó de rodillas y esta vez golpeó con el puño hasta que los trozos cedieron, dejando un espacio del doble de tamaño. Volvió a observar en torno; junto con la excitación, la paranoia crecía. Sus dedos se cerraron como garras alrededor del tesoro: un cilindro de plata. El metal, aunque avejentado y cubierto de tierra, conservaba su brillo característico.

Lo analizó por unos segundos, maravillado, y no pudo evitar que su mente se llenara de ilusiones de fama y fortuna. Lo recorrió con los dedos temblorosos y encontró una protuberancia: se trataba de un sencillo pasador que lo mantenía cerrado. No era un cilindro sino un estuche. Lo agitó y no distinguió sonido alguno, nada que le indicara lo que podía contener. "Debe ser algo valioso", pensó, "al menos para la persona que lo escondió en ese lugar".

Ensimismado, frotó el estuche contra su camisa, liberándolo del polvo que lo cubría. Le dio vueltas sin prisa, con profunda satisfacción por su descubrimiento y retrasando el momento de abrir la caja. Un ruido lo sacó de su enajenación. Levantó la mirada, como si le hubieran descubierto cometiendo un crimen. No vio a nadie. Los nervios y la emoción, sin embargo, hicieron que se metiera el tesoro por el cuello de la camisa. El contacto con el frío metal le causó un breve escalofrío. Se puso de pie y frenó el impulso de salir corriendo. Adoptó un paso acomedido, respiró hondo y recorrió la Basílica, entre baldosas rotas, montones de polvo y numerosos andamios desocupados. No notó a los dos hombres que habían estado espiando desde atrás de una columna. No perdieron detalle, y si alguien hubiera visto sus ojos, tan abiertos, y escuchado el ritmo acelerado de sus corazones, habría sabido que el hallazgo también los había estremecido.

A Gabriel le pareció que la distancia que debía recorrer para llegar hasta su oficina, era más larga que de costumbre. Seguía conservando el estuche dentro de su camisa, contra la piel de su estómago, y los semáforos duraban más que nunca, le pareció que las personas manejaban peor que cualquier otro día, el tráfico estaba en su contra. Entró velozmente a su despacho y cerró con llave. Se apoyó en la puerta y trató de calmar su respiración, tan agitada como si el arquitecto hubiera formado parte de una terrible persecución. Se sentó detrás de su escritorio y jaló su camisa hasta desfajársela. El estuche resbaló hasta su regazo y Gabriel lo asió con suavidad. Comenzó a girarlo, como minutos atrás, y descubrió una inscripción, palabras grabadas en el metal que le resultaron incomprensibles. Dejó escapar un gemido de emoción y decidió no perder tiempo para intentar descifrar el mensaje. Quiso abrir el estuche, pero sus palmas, húmedas, no se lo permitieron. Lo dejó sobre el escritorio y frotó las manos contra sus pantalones de mezclilla. Respiró hondo y corrió el pasador lentamente. Ante sus ojos apareció un manuscrito enrollado y amarillento. Lo extrajo con delicadeza y lo desplegó cuidadosamente. En la portada, envejecida e impregnada de manchas azules y verdosas, logró distinguir la imagen de una joven portando una corona de picos. En la parte superior leyó *Nican mopohua* y otros vocablos en náhuatl y, maravillado, contuvo el aliento.

Seguía observando, inmóvil, cuando unos discretos golpes en la puerta lo hicieron sobresaltarse y sudar frío. Abrió al azar un cajón y guardó rápidamente el estuche y el manuscrito. Se aclaró la garganta y trató de aflojar la tensión de sus hombros.

—¿Sí? —dijo con una voz que le sonó extraña. Al no obtener respuesta, se levantó para quitar el seguro de la puerta y abrir. Una pareja de hombres de rasgos indígenas, expresiones indescifrables y edades imposibles de adivinar, esperaba del otro lado. Gabriel los reconoció y soltó el aire, un poco más tranquilo al ver que se trataba simplemente de dos de sus trabajadores.

—Pasen, ¿qué los trae por acá? ¿Algún problema? —preguntó. Los hombres intercambiaron miradas nerviosas y dejaron pasar algunos segundos antes de atreverse a hablar. Por fin, uno, el más bajito comenzó:

—Disculpe jefe, estamos aquí por lo que encontró, allá en la Basílica de nuestra Virgen.

—¿Y eso a ustedes qué les incumbe? —dijo a su vez Gabriel, asumiendo un tono altivo para desmotivar la curiosidad de sus empleados. El hombre que no había hablado, inclinó la cabeza y frunció levemente el ceño.

—¿Podemos pasar? —preguntó valientemente.

—No hay más que hablar, señores. Les pido que se retiren, estoy ocupado —declaró, elevando el tono de voz.

—Usted encontró un documento, ¿verdad? —aventuró el menos alto. Gabriel sintió que el hueco de la Basílica se había transportado a la boca de su estómago. ¿Qué sabían estos hombres? ¿Cuáles eran sus intenciones? Y más importante, ¿por qué se sentía amedrentado por ellos?

—Es sólo un cuadernillo, nada importante —dijo, intentando sonar seguro sin lograrlo.

—¡No! —exclamó el hombre más alto—, es más que eso, de verdad, jefe…

—Basta ya, por favor —interrumpió Gabriel—, se lo entregaré al Abad, él sabrá…

—¡Le suplicamos que no haga eso! —dijo el hombre bajito—. Usted lleva la Señal, jefe, se lo juro… Ni se imagina lo importante que es ese libro.

*＊＊

En una zona no muy lejana de la ciudad, un hombre de edad similar a la del arquitecto vivía un día mucho menos interesante. Jamás se habría imaginado que sus acciones, fundamentadas en un riguroso código ético, fueran a llevarlo al despido, y que éste sería vital para lo que la vida le tenía preparado. Todo había comenzado el día anterior, cuando la secretaria del director técnico le había llamado utilizando un tono anormalmente altivo.

—Voy para allá —había dicho Mateo, mientras sostenía el auricular con el hombro. De su frente cubierta de rizos brotaban gotas de sudor. Al fin había llegado el momento de confrontar a su jefe, que venía de una visita a la casa matriz de los laboratorios farmacéuticos Chore-Summa, y exigiría resultados. Mateo había subido por las escaleras, saltando los escalones de dos en dos y pasando de largo a sus conocidos, que lo disculparon asumiendo que su prodigiosa mente estaría concentrada en algún análisis o fórmula de la más alta complejidad.

—Por favor, anúnciame con el patrón —había bromeado con la secretaria, en un infructuoso intento por disminuir la tensión.

—Va a tener que esperarlo, le acabo de pasar una llamada confidencial —había respondido la mujer con prepotencia. En vez de sentarse, Mateo se había aproximado a un amplio ventanal de marcos dorados desde donde era posible observar completo uno de los edificios de la empresa a la que había ingresado años atrás, al concluir su carrera universitaria. Se trataba de un enorme consorcio, una isla poblada de dos mil empleados con instalaciones sofisticadas que se levantaban, arrogantes, al sur de la ciudad. Hacía un año que los laboratorios estadounidenses Chore, en los que se había empleado originalmente Mateo, habían adquirido a los europeos Summa, y la mayor parte de los directivos y gerentes de Chore (que rebasaban los cincuenta años de edad) habían sido sustituidos por la nueva generación de europeos. La casa matriz había intervenido a favor de Mateo y de algunos otros para que conservaran su empleo, pero las condiciones desde entonces habían sido difíciles. El trato que recibía siempre era hostil, los errores magnificados, los aciertos minimizados. Los "summarios" esperaban cualquier pretexto para deshacerse de él y de sus demás colegas de la "vieja" generación. Finalmente lo habían hecho pasar.

—Buenos días, Cuauhtémoc, ¿cómo te fue de viaje? —había saludado Mateo a su jefe, exagerando su naturalidad.

—Pues ni tan buenos —había refutado con aspereza el director técnico, bajo, de piel morena y 45 años de edad. Se había levantado de su silla para estirar las piernas y dar breves pasos intimidatorios. Mateo se había sentado frente al escritorio y había observado los monótonos cuadros que adornaban la oficina. Sabía perfectamente el objetivo de la reunión y lo mejor era que se llegara al meollo del asunto cuanto antes. Cuauhtémoc no le había hecho esperar.

—Tienes detenidas cien toneladas de Choco-Chore y medio millón de ampolletas de Pensumma. ¿Eres consciente de lo que significan esos rechazos? ¿Quieres quebrar a la compañía?

—He hecho todo lo posible por liberarlos —respondió de inmediato Mateo—, pero todavía no tenemos las pruebas de calidad necesarias.

—Ustedes los del área de control siempre exageran cualquier detalle, no saben lo que eso implica para nosotros los de arriba —atacó el director—. Creen que entre más lotes rechacen mejor cumplen con su trabajo.

—No es mi caso —afirmó Mateo.

—Pues en Aseguramiento de Calidad me informan que pueden salir por medio del sistema de desviaciones.

—Eso no procede en *las críticas* y tú lo sabes —replicó Mateo, y de inmediato supo que su tono crítico había salido sin filtro alguno.

—Dejémonos de tecnicismos. Esos productos están en faltante, y su destrucción… ni pensarla. Arruinaría nuestros objetivos. Así que ahí tienes: resuélvelo *ya* —ordenó su jefe mientras golpeaba el escritorio con el dedo índice.

—Lo siento —y con esas palabras firmaba su sentencia—, pero no puedo hacer nada.

Así que ahí estaba ahora, un día después, intentando entrar a su oficina. El vigilante de la caseta de acceso negaba con la cabeza.

—No puedo dejarlo entrar a su oficina, primero debe pasar a Recursos Humanos, escoltado —dijo—. Y déjenos las llaves del carro.

—¿Qué pasó, oficial Gómez? Me conoce desde hace años. No soy un delincuente.

—Nosotros sólo cumplimos órdenes —respondió el guardia. "Les encanta esa respuesta", se dijo Mateo.

En el camino al departamento de Recursos Humanos, Mateo se cruzó con varios de sus colegas que, sorprendidos al verlo escoltado por el vigilante, siguieron su camino sin fijar la mirada en él y sin preguntar, como si desde aquel momento el químico fuera un enemigo, un traidor o un apestado.

—¿Qué cree? Que mi jefa está en el baño —dijo el asistente de la directora de Recursos Humanos con una mueca. "Eso, aumenten el suspenso", pensó Mateo con ironía.

—Pues aprovecho para ir al baño también —dijo, y volviéndose hacia el vigilante preguntó con sarcasmo—: ¿Puedo?

Como respuesta asintió y Mateo hizo una reverencia medieval a modo de agradecimiento. "Igual soy hombre muerto", se dijo. El sanitario se encontraba vacío y Mateo se encerró en un cubículo. Se llevó las manos al pecho y sintió los acelerados latidos de su corazón. Le rogó a su estómago que resistiera, que no lo doblara de dolor hasta que todo hubiera terminado. "Algo de dignidad", pensó, pues aunque actuaba socarronamente y se atrevía a bromear y burlarse de los cómplices de su despido, sentía que la desolación lo invadía.

—La licenciada Ruiz lo está esperando —gritó su asistente desde la puerta. "Al menos respeten mi privacidad", pensó furioso. No respondió, salió del cubículo y se humedeció el rostro con agua fría, aferrándose al lavabo con la otra mano. El espejo le mostró un rostro en el que parecían haber emergido repentinamente arrugas que le cortaban la piel. Se miró a sí mismo a los ojos.

—Pues ya qué —se dijo en voz alta, y se dirigió a la oficina de la directora de Recursos Humanos.

—Tú dirás para qué soy bueno, Yesi —dijo Mateo con una sonrisa tan falsa como su tranquilidad. Se sintió mareado y apoyó las manos en el respaldo de una silla. "Respira, cálmate", pensó para darse ánimo para lo que le esperaba, pero se sentía frente a un juzgado que en cualquier instante iba a anunciarle cuál era la terrible condena que se le había asignado, o como en un consultorio en el que un doctor estuviera a punto de informarle de cuál enfermedad terminal moriría pronto, muy pronto. La actitud usualmente amable de la directora estaba ausente. Se limitó a mirarlo con una solemnidad exagerada.

—Pase y tome asiento.

—¿Ahora nos hablamos de usted? Por favor, Yesi, no seas ridícula. Te puedes ahorrar el "sólo sigo órdenes" y todo tu protocolo. Háblame directo y ya.

La atiborrada oficina fue invadida por un silencio tan incómodo y tan pesado, que a Mateo le costaba trabajo respirar. La directora se mordió brevemente el labio inferior, titubeando, pero en una situación así, era mucho más sencillo actuar de modo impersonal, no involucrarse y pronunciar el discurso prefabricado que usaba siempre.

—Debido a una reestructuración de la empresa, nos vemos en la necesidad de prescindir de sus servicios.

Yessica Ruiz. Mateo la conocía desde hacía mucho, y le irritó su incapacidad de hacer una excepción en su trato, en nombre de la amistad o al menos por respeto a su trayectoria en la empresa. La mujer hablaba mirando hacia el frente con los ojos fríos atravesándolo, pues no se atrevía a mirarlo con la sinceridad de siempre. Estaba nerviosa como una niña en un festival escolar, temía equivocarse.

—La decisión fue difícil, pero usted sabe que en estos días hay que hacer más con menos.

—*Usted*, *usted* —se burla Mateo, exasperado—. No merezco esto, Yesi. Oh, perdón, *licenciada* Ruiz. Después de tantos años en esta compañía, de nunca haber causado problemas, de tener la camiseta más que puesta… Esperaba más de ustedes, la verdad.

—Precisamente, considerando su labor, sus aportaciones y su profesionalismo, se le otorgará una indemnización al cien por ciento de lo que marca la ley. Es una suma considerable y así tendrá tiempo de reubicarse sin preocupaciones.

—Está bien, Yesi. No hay nada que decir: por lo que veo, la decisión es irreversible y tú no hiciste nada por impedirlo. ¿Dónde quieres que firme?

La licenciada suspiró y por primera vez lo miró a la cara. "Lo siento", pareció decirle con la vista. De inmediato reasumió su postura y le dio una serie de instrucciones.

—En el cubículo del fondo lo esperan los asesores jurídicos. Ya tienen listo el cheque y el papeleo. No es política de la empresa, pero si quieres… Si *usted* quiere —se corrigió—, el automóvil puede entrar en la negociación. ¿Le interesa?

Mateo asintió, fastidiado.

—Cuando termine, mi asistente lo acompañará a recoger sus pertenencias.

—Que vaya él solo —sugirió Mateo. No quería ser seguido por un guardaespaldas por toda la oficina—. Tengo pocas cosas, están guardadas en el cajón de la derecha, arriba. Y un favor: que tu asistente me traiga mi título; está colgado en la pared.

La mujer asintió mientras tomaba una pluma de su escritorio y fingía ocuparse en otros asuntos. "Ya terminó conmigo, tiene que volver a sus *importantísimas* ocupaciones", pensó Mateo, resentido. Se puso de pie, pues lo habían despachado claramente. Apretó el estómago y decidió pronunciar el discurso que había preparado entre el baño y la oficina. "Voy a sonar como un ardido, pero qué me importa", se dijo. Respiró hondo y mirando a la mujer desde arriba, con forzada soberbia, comenzó:

—Veo que estaba equivocado con respecto a usted y a toda esta empresa. El objetivo de toda la gente mediocre como ustedes es ganar dinero a toda costa, sin importar a cuánta gente sacrifiquen en el camino, y quien no juega con sus reglas, está muy pronto de patitas en la calle. Las personas honestas ya no embonamos en ningún lado, nos están convirtiendo en una especie en extinción.

La mujer lo miró lastimosamente, desde su silla giratoria. El nudo en el estómago de Mateo se cerró aún más. "Me tiene lástima, la licenciada, ¡*lástima!*", pensó indignadísimo.

—Lo siento mucho —dijo Yessica Ruiz—, se va con nuestros mejores deseos.

Era inútil. Sólo lograba hundirse más y más, no tenía caso. Dejó caer los tensos hombros y se dispuso a salir por última vez de esa oficina. Llegó hasta la puerta, sintiéndose pequeño y humillado, y cerró los ojos un instante. "No seas tibio, Mateo, ten un poco de carácter". Dio un paso más hacia la salida y cobró valor.

—Ah, una última cosa —dijo, como si hubiera recordado algo de súbito. Sus rodillas temblaban.

—¿Sí? —preguntó distraídamente la licenciada.

—Con todo respeto, vayan ustedes a…

Repitió su reverencia caballeresca y cerró la puerta con cuidado. No podía creer lo que iba a decir, pero se abstuvo de externar el resto. La frase siguió haciendo eco dentro de la cabeza de Mateo por muchos minutos, hasta que el asistente de Yessica le entregó sus pertenencias en una caja de cartón con el logotipo de una popular comercializadora de huevos. "Eso es lo que me faltó", refunfuñó para sus adentros, y escoltado como había entrado aquel día, salió por última vez de los Laboratorios Chore-Summa. Casi le arrebató al vigilante las llaves de su auto y caminó hacia él sin mirar atrás.

Abrió la puerta de su auto y lanzó la caja de cartón al asiento trasero, furiosamente. En el camino, su título resbaló y cayó al suelo. El doble vidrio que lo protegía se resquebrajó y Mateo miró los trozos con melancolía. Recordó el día, hacía más de veinte años, en que había recogido, orgulloso, su diploma del local de marcos, en el que había solicitado cedro libanés para su más preciada posesión.

—Cedro libanés —murmuró. Sintió el coraje y la impotencia subiendo en su interior como espuma de leche hirviente. "Malditos", pensó, y antes de darse cuenta estaba pisoteando su título con todas sus fuerzas. Siguió desahogándose por unos segundos y después hizo conciencia de que los vigilantes lo contemplaban. Sentía sus miradas en la espalda y no les dio el placer de voltear. Inhaló profundamente y a continuación se agachó y levantó el papel herido del suelo.

—Cedro libanés —repitió en un gruñido. Lanzó el pergamino al asiento trasero, azotó la puerta y encendió la marcha del coche. Echó un vistazo rápido a su lugar de trabajo por el espejo retrovisor—. En fin —dijo, y arrancó, sin lograr evitar un sollozo.

Le esperaba la mejor parte, pensó con fastidio: la reacción de su poco comprensiva esposa cuando lo viera llegar a media mañana. Sus amigos se lo habían advertido: "Mónica no come tortillas con frijoles". La dignidad, el orgullo, la ética, no tenían para ella el mismo valor que para él, y seguramente lo culparía por perder su trabajo, convencida de que pudo haberse evitado. "Por favor", pensó, imaginando que le enviaba el mensaje a su mujer telepáticamente, "por favor, un poco de empatía… no me patees ahora que estoy en el suelo, Moniquita, por favor". Por supuesto, no le contaría a Mónica que sus últimas palabras en Chore-Summa habían sido contenidas por su debilidad. Comenzaría con su perorata de las referencias, de que hay que dejar todas las puertas abiertas.

—Te estás saboteando, Mateo, *como siempre* —dijo en voz alta, imitando la voz de Mónica y haciéndola más chillona y desagradable. Marisol habría comprendido, habría estado orgullosa de él por poner en su lugar a sus injustos empleadores. Se prohibió volver a evocar a Marisol y mejor encendió el radio y buscó alguna canción que pudiera distraerlo. "Si me entero de que sacan esos productos al mercado, los denuncio, eso sí", se dijo Mateo. "Nunca los vas a denunciar", se replicó a sí mismo, lanzándose una dura mirada en el espejo. El "poli" del edificio se sorprendió al verlo llegar a esa hora de la mañana.

—¿Todo bien, jefe? —quiso saber.

—Pues… "maomenos", Pedro, maomenos —replicó Mateo, y señaló con la mirada la caja de cartón que llevaba en las manos.

—Que ni qué —dijo Pedro, comprensivo—. La señora Mónica acaba de salir, se fue por el niño a la escuela.

—¿A esta hora? —preguntó Mateo.

—Sí… se sintió mal el niño y la señora se fue por él.

—Gracias, Pedro.

Cruzó el umbral de su casa y se sintió solo, perdido. De cualquier modo agradeció que Mónica no estuviera en casa; todavía no se sentía listo para encararla. Dejó caer la caja en el suelo y el cristal que seguía adherido al marco de madera de su título, crujió. Se desplomó en el sillón, sin energía ni para prender la televisión.

En algún lado había leído que a la gente que es despedida le toma aproximadamente seis meses volver a ubicarse. "Seis meses de pesadilla", pensó, al imaginarse dando vueltas por la casa con Mónica desesperada. La realidad era que con la indemnización que le habían dado, no tenía que preocuparse por al menos un año, quizá hasta más, si se reducían algunos gastos. "Entonces, ¿por qué esta angustia?", se preguntó. Tal vez era el vacío, el miedo a la desocupación, que podía llevarlo a mirar hacia dentro, a enfrentarse a un Mateo que había estado por tanto tiempo relacionado con su trabajo... ¿Y si descubría que no tenía nada más dentro? Pero no, ¿por qué pensar así? Se trataba de una angustia momentánea, que pasaría. Había que vivir las emociones, dejarlas expresarse... Con su trayectoria laboral seguramente encontraría algo, mientras no hablaran a Chore-Summa a pedir referencias. Soltó una carcajada y siguió riendo un par de minutos, hasta que la risa se convirtió en llanto y la única manera de acompañarla era con un trago de coñac. Dos, tres, siete tragos y así, a las dos de la tarde, lo encontraron su mujer y su hijo, farfullando para sí mismo entre risas las palabras que no tuvo el valor de proferir.

—Con todo respeto, vayan ustedes a...

El trabajo más pesado de todos
es el de no hacer nada.
LEO ROSTEN

En su cuarto domingo como desempleado, Mateo se despertó con una terrible resaca, tanto física como emocional. Le parecía que no había dejado de beber desde su despido, y las horas se le habían pasado de una forma extraña, con una lentitud insoportable, pero de pronto, cuando se daba cuenta, ya habían pasado dos días. Su cuerpo mostraba los estragos de su depresión: los párpados colgaban más largos que nunca, deformándole el rostro, su gastritis era un volcán de ácido en la boca de su estómago, al cual él trataba de aplacar con Pepto-Bismol para luego volver a la carga con un whisky. Sus músculos, entumecidos por la inmovilidad, parecían haberse acortado, y la migraña no cedía a ninguna hora del día.

Se movió con dificultad entre las sábanas sudadas que, apenas lo notaba, no compartía con Mónica, y se sentó. Se recargó en la cabecera de la cama, mareado y con un cansancio que todo lo podía. Incluso se preguntó si seguía dormido, y las alucinaciones o pesadillas que comenzaron a germinar en su abotagada mente, lo confundieron aún más. Primero, le pareció que su cama era una larga mesa alrededor de la cual estaban sentados una docena de comensales. Todos hablaban al mismo tiempo y él no podía distinguir ni una sola palabra. Después se encontraba en una gruta oscura y húmeda, tanto, que su cuerpo enfebrecido comenzó a temblar de frío. Cada que daba un paso para introducirse más a la profundidad de la gruta, se veía rodeado por toda clase de alimañas; a veces tenía que patear pequeños ratones para avanzar, otras veces su mirada era cegada por las telarañas que le cerraban el paso. Corrió dentro de la gruta y llegó a un claro en el centro de una selva. Tenía de la mano a su hijo José, y a su lado estaba Mónica. Se oían rugidos alrededor. ¡Las fieras se acercaban! Los tres lograron trepar a un árbol para salvarse, pero el peso de la familia hizo que el tronco se ladeara y… Mateo volvió a abrir los ojos. El techo daba vueltas, pero era el de su casa y no el cielo azul de la selva. "Carajo", pensó, y hasta ese pequeño pensamiento aumentó su dolor de cabeza.

Se acercó al borde de la cama y puso los pies en el suelo, para aterrizar de una vez por todas. Después se oprimió las sienes con todas sus fuerzas: deseaba pulverizar con sus manos las terribles imágenes.

—Mónica… —llamó con voz lastimera y ronca. No obtuvo respuesta. Ni siquiera sabía qué hora era. Se levantó y un escalofrío le recorrió la columna. Caminó hacia el baño. Se lavaría la cara y después sería necesario un café bien cargado. "Para que la gastritis siga creciendo, sana y fuerte", se dijo. Antes de que pudiera abrir la llave del agua, el alcohol, mezclado con los ácidos de su maltratado estómago, subieron por su esófago y vomitó en el lavabo. Su cuerpo se encogió y por unos segundos no pudo respirar. Las lágrimas inundaron sus ojos. Al fin abrió el agua y limpió el lavabo con sus manos congeladas y temblorosas. Levantó la mirada para encontrarse con una imagen patética: su rostro demacrado, amarillento, sin rasurar. Su piel grasosa y sudada, sus labios partidos y entreabiertos. "Un patético borracho, un parásito inútil", se gritó en silencio.

Se lavó los dientes con dificultad, y se enjuagó la cara con agua tibia. Pensó que debía bañarse (no recordaba cuándo lo había hecho por última vez) pero se sentía demasiado agotado para hacerlo.

—¿Hay café? ¿Mónica…? —carraspeó. Salió del baño. "Al menos contéstame", gruñó para sus adentros. Se dirigió a la pequeña estancia donde estaba la tele. No había nadie en casa. Se asomó al cuarto del niño. No se encontraba ahí, y su cama se veía perfectamente hecha. Se desplomó sobre el sofá y prendió la tele, pero a los pocos segundos se arrepintió. No aguantaba el ruido y la rápida sucesión de imágenes. Quería silencio, tranquilidad, que el mareo cesara. Las cortinas estaban abiertas y vio que el día era gris y frío. "Claro", pensó, como si el clima trabajara también en su contra.

El cansancio y la torpeza de la resaca hicieron que le tomara demasiado tiempo calentar agua para prepararse un café instantáneo. Buscó azúcar y sólo encontró endulzante bajo en calorías. "No, no puedes comprar azúcar para mí, claro que no. Sólo tus porquerías de dieta", reclamó mentalmente Mateo a Mónica. En lo que se enfriaba el café, abrió la puerta principal y recogió el periódico que el portero le hacía favor de subir cada mañana. Domingo. Buscó los horóscopos y leyó el suyo: *Pasará una jornada feliz*. Cerró la puerta de una patada y lanzó el periódico contra la pared.

—Una jornada feliz —dijo en voz alta, y sonrió con ironía. Tomó su café y en eso sonó el teléfono. El sobresalto hizo que se le derramara el líquido caliente en la mano—. Maldita sea —refunfuñó. Dejó la taza medio vacía y fue a contestar.

—Ya te despertaste —dijo su esposa con toda la frialdad de la que era capaz.

—Ya me desperté —respondió él, imitándola—, ¿dónde estás?

—En casa de mis papás.

—¿Van a comer ahí? —preguntó él con una voz más ebria de lo que en realidad estaba.

—¿Comer? —repitió Mónica, incrédula—, llevamos dos días durmiendo aquí, Mateo. Ni te habías dado cuenta.

—Claro que me di cuenta —mintió Mateo. Buscó sonar enojado para parecer convincente.

—Mira, no quiero discutir ahorita. José está conmigo, nos vamos a quedar aquí unos días…

—¿Unos días? ¿De qué hablas? ¡Ésta es su casa!

—¡Ya basta, Mateo! —gritó ella, desesperada—. Su casa… ¡por favor! Ni te diste cuenta de que nos fuimos hace días, siempre estás borracho, ¿no te da vergüenza?

—¡Es mi hijo, y no voy a permitir que…!

—Si pudieras verte, Mateo… No vas a permitir ¿qué cosa? No quiero que José te vea así. Y no voy a exponerlo a que le hagas algo.

—Tú sabes que nunca le haría nada —lloriqueó Mateo, trabándose en algunas palabras.

—Sólo quería avisarte que por el momento no vamos a regresar. Busca ayuda, Mateo, yo ya no sé qué más hacer —dijo Mónica, y su falsa coraza de hielo pareció derretirse para dar paso a la tristeza.

—¿Me vas a dejar? No me dejes… —suplicó Mateo, y una parte de su conciencia se dio cuenta de lo patético que era.

—Ya no puedo seguir así. Voy a colgar. Cuando estés mejor, llámame.

—¡José! —chilló Mateo—, quiero hablar con él.

—Adiós.

Mateo se quedó inmóvil unos minutos, con el auricular pegado a la oreja. Seguía esperando escuchar la voz de su hijo al otro lado de la línea. Musitó su nombre varias veces más, y finalmente comprendió que no había nadie al otro lado de la línea. Dejó caer el teléfono y sintió que el fuego en su estómago se extendía a todas sus entrañas. Decidió tomar más antiácidos. Seguía en estado de shock, aún no comprendía lo que aquella llamada implicaba para su futuro. Caminó como un autómata hasta el clóset y abrió la puerta. Antes de abrir el cajón de las medicinas, se encontró con la ropa de Mónica, con su repisa de perfumes. Entonces toda la conversación se repitió dentro de su mente a toda velocidad, y Mateo empujó todos los frascos con el brazo y volaron por los aires. Algunos se rompieron. Después se pegó a la ropa de su esposa y la olió, furioso y desesperado. Abrazó unos vestidos y se colgó de ellos hasta que los ganchos cedieron y cayó al suelo cubierto con la ropa de su esposa. Lloró acurrucado por unos minutos y después se hundió en un sopor que no era descanso y del que no pudo salir por horas.

La religión mal entendida es una fiebre
que puede terminar en delirio.

VOLTAIRE

El hombre salió del reservado de la Basílica y comenzó a caminar en dirección a la salida poniente. Sus pasos eran firmes, pero su semblante evidenciaba desilusión. Levantó por inercia su brazo izquierdo para consultar la hora, pero días atrás se había raspado el brazo y ahora usaba el reloj en la otra muñeca. "O no vino", pensó al no divisar a Mateo, "o se desesperó y se fue". Llegó a la salida y apenas dio un paso, sintió en el cabello las tenues gotas de agua. Echó un último vistazo al interior de la Basílica y al voltear de nuevo hacia la calle, listo para enfrentarse a la lluvia, que arreciaba, vislumbró a cuatro individuos corpulentos bajando de una camioneta. Su elegante indumentaria, trajes y corbatas azules, no disminuía su aspecto amenazador, que se acentuó cuando comenzaron a intercambiar sospechosas miradas.

El hombre sintió que cada uno de sus músculos se tensaba. Olvidó por completo su cita y su instinto de supervivencia tomó el mando. Consideró sus opciones por un segundo y decidió desandar sus pasos y dirigirse al atrio ubicado en el extremo opuesto del templo. No necesitó volver la mirada para saber que sus perseguidores habían entrado tras él: percibió claramente los pasos de los cuatro, que después se separaron para abarcar toda la nave de la iglesia.

"¡Desgraciados extremistas!", insultó mentalmente el hombre. "¿Cómo pude ser tan ingenuo? Y mira que atreverse a invitarme aquí, a la casa de la Guadalupana a negociar...¡Qué descaro! Están unidos con el gobierno, seguro... la misma alianza mafiosa de siempre". Consideró por un instante armar algún escándalo, pero descartó la idea de inmediato. ¿Quién arriesgaría su vida por ayudar a un extraño? En estos tiempos, nadie. "Estos locos me caerían encima ya sin importarles cubrir las apariencias", pensó. Lo que le pasara era secundario pero lo *otro*... "¿Qué hago? ¿Qué hago?"

Su corazón latía con tanta fuerza que habría jurado que todos los feligreses en el recinto podían escucharlo. "Protégeme Virgencita, te lo suplico", pensó, y siguió caminando hacia adelante, como un caballo al que hubieran bloqueado la visión periférica.

Estaba a punto de alcanzar la salida oriente, cuando se topó con otro grupo de hombres uniformados como sus compañeros, que se agazapaban en el interior de la iglesia. Se detuvo y miró a su alrededor en busca de algún testigo, alguien que se hubiera percatado de la situación. Sintió un arañazo de sudor helado en la espalda. El nuevo grupo, inmóvil, desafiaba al aguacero desde el atrio. Uno de sus miembros hablaba a través de un dispositivo oculto en la solapa de su traje. El hombre comenzó a retroceder: estaba acorralado.

—Protégeme —repitió, y su mirada se dirigió, llevando a la plegaria consigo, al cuadro de la Virgen de Guadalupe. Aun en esa situación de peligro inminente, la vergüenza se apoderó de él. "No ruego por mí", se dijo, intentando justificar su terror, "mi temor es por México. Si me atrapan, ya no habrá remedio… Nos iremos directo al abismo".

***

Mateo intentó recordar la última vez que había estado en una iglesia. "Y menos sin ser hora de misa", pensó. "En fin", y suspiró, "un amigo es un amigo. Sólo espero que no se me haya vuelto religioso". Sonrió para sus adentros: de todos sus amigos, el que lo había citado ahí era el que menor tendencia a la religión tenía. "Esto será interesante", se dijo, al tiempo que sacudía su paraguas y se disponía a entrar.

Volteó a su alrededor y se admiró de que con tal tormenta, tanta gente estuviera ahí. ¿Qué les daría aquel lugar? ¿Paz? ¿Esperanza? Siguió reflexionando mientras avanzaba lentamente, buscando a su amigo entre los feligreses. "Igual y ya me vio tan mal, que cree que sólo Dios puede ayudarme", y sonrió mentalmente. Después se dejó envolver por el ambiente que lo rodeaba, por los susurros de las plegarias, por el rebote del eco de los cánticos del oficiante en las columnas y paredes, por la mística luz que inundaba el altar.

—Algo tiene, algo —dijo en voz alta, distraído. Se descubrió parado junto a una mujer que sostenía, enlazado entre sus dedos, un rosario. La mujer lo miró con el ceño fruncido.

—Shh —le ordenó. Mateo se sintió apenado por su investigación sociológica y por alguna razón creyó que si se sentaba y guardaba silencio, remediaría la molestia de la mujer a la que había interrumpido. Así lo hizo, y pronto su mente comenzó a transportarse a distintos pasajes de su infancia: los recuerdos de su madre rezando, los olores familiares, la atmósfera solemne, le hicieron olvidar el porqué de su presencia ahí y entró en un agradable estado de relajación. Minutos después su ensimismamiento fue interrumpido por un murmullo y, molesto, imitó a la mujer que ahora estaba sentada junto a él.

—Shh —ordenó. Respiró hondo para intentar volver a su anterior estado.

—¡Mateo! ¡Párale ya, por favor!

Reconoció la voz de su amigo y sólo entonces recordó que había sido él quien lo había hecho presentarse ahí. Sacudió la cabeza, para acabar de despertar.

—¿Cómo estás? —saludó alegremente. Su amigo miraba de reojo a todos lados, nervioso y presa de una paranoia que Mateo no le conocía.

—No hables —respondió Gabriel en un susurro.

Fe es creer en lo que no se ve, y la re-
compensa es ver lo que uno cree.

SAN AGUSTÍN

—Finge que no nos conocemos —dijo Gabriel, y
unió las palmas de las manos simulando una plegaria. Vio por el rabillo del ojo cómo dos de los
uniformados dejaban sus puestos de vigilancia para
avanzar algunos metros en su dirección. Aunque
fingían indiferencia era evidente que no lo habían
perdido de vista ni por un instante.

—¿Qué te pasó en el brazo? —quiso saber Mateo. Gabriel negó con la cabeza, alterado, y cerró
los ojos un par de segundos, como para recobrar la
paciencia.

—Esto es en serio. Las cosas se complicaron —dijo.

—¡Te creo! —replicó Mateo en un alegre murmullo—, si has tenido que recurrir a las plegarias…

—Olvídalo. Nunca debí haberte llamado —dijo
Gabriel en una furiosa voz baja.

—Tranquilo, no te enojes. ¿Qué pasa? ¿A qué viene tanto misterio?

—¿Qué sabes de las polémicas del cuadro de la Virgen? ¿Del *Nican mopohua*? —dijo Gabriel sin mayor introducción.

—¿Del *qué*? ¿Qué te pasa, Gabo? ¿Es una broma?

—Mira —dijo, y por primera vez dejó de mirar al frente y miró a su amigo a los ojos por un instante—. No tengo tiempo. No es una broma. Te llamé porque somos amigos y por nuestro *lunar*. Eres obsesivo, como yo, y te gustan las investigaciones, las…

Mateo se mordió el labio inferior, como siempre que algo le preocupaba. Al parecer, su amigo hablaba en serio, pero lejos de interesarse por sus enigmas, le preocupó su estado mental.

—¿Estás bien? —cuestionó como si estuviera dirigiéndose a un niño.

—No tiene caso. Olvídalo —declaró Gabriel, e hizo ademán de ponerse de pie. Se sentía furioso con su amigo pero permaneció a su lado al sentir, penetrante, la mirada de sus perseguidores en su espalda.

—No te vayas —le dijo Mateo, conciliador, y posó la mano sobre su rodilla para retenerlo—. A ver, juega. El cuadro de la Virgen… Sí, cuando era estudiante me enteré de algo, pero hace años que no escucho nada nuevo.

Gabriel fingió estornudar para poder sacar de su abrigo empapado un pañuelo, un viejo ticket de compras arrugado y una pluma con el logotipo de alguna farmacéutica. Mateo observaba sus movimientos, curioso y preocupado. "¿Una pluma Bic?", se dijo, "si éste no bajaba de pluma fuente". Los feligreses se pusieron de pie para después caer de rodillas y Mateo y Gabriel los imitaron, éste último aprovechando el movimiento para anotar algo en el trozo de papel. Su mano temblaba. "¿Se estará metiendo algo?", se preguntó Mateo, alarmado. No notó que dos sujetos de traje azul habían estado avanzando, como si de un juego se tratara, ganando una banca cada par de minutos. Acababan de conquistar los extremos de la banca tras ellos.

—No hay tiempo. Y no te preocupes por mí. Sólo…

—¡Sí me preocupo! —susurró Mateo con la mirada al frente.

—Es un rollo bastante espinoso —continuó Gabriel, ignorando la interrupción de su amigo—, pero tienes la inteligencia, Mateo, la inteligencia y el valor. Al menos eso espero.

Se persignó imitando a quienes lo rodeaban y Mateo hizo lo mismo con algunos segundos de retraso.

—El futuro de este país está de por medio —concluyó.

—¿El futuro…? —musitó Mateo, seriamente preocupado, no por el futuro del país sino por Gabriel. Lo miró de reojo: parecía haber envejecido una década desde la última vez que lo vio. Nuevas arrugas se habían incrustado en la piel de su frente.

—Silencio. No hay tiempo —fue la respuesta de Gabriel—. Quédate aquí otro rato, y veas lo que veas, no hagas nada, ¿me entiendes? Te quedas aquí pase lo que pase. Cuídate mucho. Suerte, querido amigo.

—Pero... —arguyó Mateo. Gabriel se incorporó, no sin antes dejar en el suelo el papel arrugado. "Esto parece una película de Indiana Jones", pensó Mateo, entre divertido y alarmado. Gabriel dio varios pasos para situarse en el centro de la iglesia. Giró sobre sus pies mientras levantaba los brazos en señal de rendición. "Aquí estoy", dijo mentalmente a los hombres trajeados. Después de su teatral rotación, caminó rumbo a la salida lenta, pesadamente. Sus extremidades temblaban, pero no dejó que el miedo se apoderara de su rostro. No opuso resistencia cuando sintió una enorme zarpa cerrándose sobre su nuca, cuando sus brazos fueron encarcelados por las manos de dos de los uniformados, que lo forzaron hasta la salida mientras Mateo, con el aire atorado en el pecho, miraba, incrédulo.

***

Una serie de gritos hizo que algunos de los que rezaban voltearan en dirección a la puerta principal. Mateo, fiel a la recomendación de su extraño amigo, mantuvo la mirada en el frente mientras apretaba en su puño el papel y una helada gota de sudor bajaba por su columna. Nadie se movió, ignoraron lo que fuera que había pasado ahí y prosiguieron con sus rezos, con los pensamientos de salvación y esperanza que, pensó Mateo, ya no podían ayudar a Gabriel.

Anocheció. Poco a poco los feligreses se marcharon mientras afuera la lluvia continuaba. Mateo seguía de rodillas, petrificado. Su mente luchaba por ordenar sus ideas, por encontrar algún sentido en lo que había escuchado y visto. La iluminación artificial no se había encendido todavía y la Basílica le pareció un lugar tenebroso y funesto. Finalmente, el entumecimiento en las rodillas le hizo moverse. Se puso de pie y estiró las piernas. No sabía cuánto tiempo había pasado. Aflojó el puño para mirar el papel arrugado, ahora ligeramente humedecido por el sudor frío de la palma de su mano. No se atrevió a abrirlo, invadido por la paranoia. Volteó discretamente a su alrededor mientras guardaba el papel en su bolsillo. ¿Cuánto tiempo debía esperar antes de marcharse? Los escalofríos no lo dejaban en paz y lo que más quería era salir corriendo de ahí.

Deambuló por unos minutos dentro de la nave fingiendo, para su inexistente público, admirar la construcción e inspeccionar los trabajos de renovación. "Está loco", se dijo, intentando calmarse. Para distraerse, se detuvo a observar el crucifijo que descansaba sobre un cojín en el interior de una vitrina. La efigie había sido deformada por una explosión una mañana de noviembre de 1921, cuando un hombre se acercó al altar de la antigua Basílica ocultando, entre las flores de su ofrenda, explosivos. El estallido había dañado floreros, gradas, candiles y cristales, excepto el que cubría el ayate, y había retorcido el crucifijo como si éste hubiera querido absorber los efectos del atentado para así salvaguardar a la Guadalupana.

"Quién sabe en qué ande metido, pero a mí que no me arrastre", se dijo. Metió la mano al bolsillo de su pantalón y tomó el papel entre sus dedos. "Al diablo", pensó, y lo dejó caer al suelo. Lo pateó con la punta del pie y comenzó a avanzar hacia la salida. Aunque se sentía un poco más tranquilo ya que se había deshecho de la evidencia, inspeccionó detenidamente el atrio para asegurarse de que no había nadie ahí. "No es tu problema", se dijo, y se forzó a sonreír para quitarle importancia al asunto. Recordó el aspecto amenazador de los hombres que habían sacado a Gabriel de la iglesia. "Nadie tiene por qué hacerme nada. Yo no sé nada. Si alguien me agarra, en mi vida he visto al tal Gabriel."

Era hora de irse. Rodeó el atrio bajo la lluvia, diciéndose que dentro de una iglesia, todo suena escabroso. Se había dejado llevar por la locura de su amigo. Seguro estaba metido en problemas legales o algo así, nada que le incumbiera, ni a él, ni "al futuro del país". Comenzaba a tranquilizarse cuando creyó ver una sombra moviéndose. "No es nada", se dijo. Caminó de vuelta a la nave cubierta, y antes de entrar se volvió. Era la silueta de un hombre. No, eran dos. Sólo distinguió sus oscuros reflejos, pero no quiso quedarse a averiguar si estaban vestidos de traje azul. Entró corriendo a la iglesia, con su corazón a punto de estallar. Las sombras avanzaron lentamente. Mateo corría como un niño asustado, con el sonido de sus pasos haciendo eco en el enorme recinto. De pronto, notó un crujido a sus pies: el papel de Gabriel. Lo tomó del suelo a toda velocidad y siguió su frenética carrera.

En las calles, el agua había ahuyentado a la gente. Al cruzar las rejas de la Basílica, la ansiedad de Mateo aumentó, como si ahora estuviera más expuesto al peligro. Las sombras, las siluetas y los contornos a su alrededor le sobresaltaban. Sus ojos eran un caleidoscopio, que con cada parpadeo transformaba al panorama en una nueva imagen amenazante en tonos grises. Vislumbró un taxi a la distancia: era su salvación. Lo detuvo con una señal y antes de subir miró con detenimiento al chofer. Era un anciano y le infundió confianza. Subió de inmediato y se arrellanó en el asiento trasero, empapándolo.

—Ya le mojé todo su taxi —se disculpó.

—No le hace, joven —respondió el taxista, dadosamente. Numerosos vehículos pasaban zando al taxi, y Mateo se hundía más y más en su asiento. Temía encontrarse con la mirada amenazante de algún misterioso perseguidor. Después de indicarle al conductor a dónde se dirigía, respiró hondo un par de veces. Miró hacia el frente mientras gotas de agua resbalaban por su cabello: del espejo retrovisor colgaba una estampa de la Guadalupana, meciéndose de lado a lado. "Claro", pensó en tono irónico Mateo. Al poco tiempo el taxi se orilló junto al restaurante en el que Mateo había dejado su coche estacionado. Le tendió un billete húmedo y arrugado al conductor, que le despidió con una bendición. "Ahora las plegarias me persiguen", se dijo mientras negaba con la cabeza. Cerró la puerta del taxi y éste se hundió de vuelta en la oscuridad.

Mientras esperaba que le trajeran su auto, Mateo se dedicó a pasear con paso nervioso de un lado a otro de la banqueta donde otros clientes esperaban también la entrega de sus vehículos. Su presencia hizo que se sintiera menos alterado. Vio llegar su coche azul y antes de subir notó que en la caseta del valet parking había un pequeño altar con luces multicolores. "Estás en todas partes, Virgencita", pensó. Accionó los seguros y se sintió un poco más tranquilo, como si el auto fuera un refugio privado. De cualquier modo no dejó de mirar en todas direcciones. Las manos le hormigueaban y sentía que la nota de Gabriel respiraba, viva, dentro de su bolsillo. Decidió esperar hasta estar en casa para leerlo, quería salir de la zona de inmediato y, además, disfrutaba de retar su propia impaciencia de esa manera.

Dio algunas vueltas que sólo retrasaron la llegada a su hogar. Quería asegurarse de que nadie lo seguía y había visto que en las películas los perseguidos hacían eso para despistar. Por alguna razón estaba postergando el momento de involucrarse, ya de lleno, con lo que fuera que se trajera Gabriel. Tras cerrar la puerta, ya en la cocina del departamento, respiró profundamente como para liberarse del misterio, del aire enrarecido que se había pegado a sus ropas.

Una hora más tarde, Mateo salía de la regadera. El agua caliente lo había calmado y estar en un lugar familiar, con la luz prendida, le hizo pensar en lo ridículo que debió haberse visto corriendo como poseído en la Basílica. "¿Qué habrán pensado esos dos hombres al verme huir a toda velocidad?", pensó. Con una taza de té en la mano aterrizó sus ideas e hizo un esfuerzo por recordar todo lo que sabía del cuadro de la Virgen: las disputas y los estudios que afloraron con motivo del traslado del cuadro de la vieja a la nueva Basílica, el análisis de la pintura por profesionales de todo el mundo, las figuras que se hallaron en los ojos de la Virgen, sus milagros… Pero ¿qué tenía eso que ver con él?

—Nada —dijo en voz alta—. Nada en absoluto.

Sin embargo, sus muebles le parecieron ajenos, como si alguien los hubiera copiado sin lograr dejarlos exactamente iguales, y el rostro que le devolvió el espejo tenía algo siniestro, desconocido. "Ahí está la gastritis", pensó mientras se doblaba de dolor. Sólo necesitaba un poco de estrés para que el padecimiento lo inmovilizara y tuviera que vivir de verduras hervidas y Pepto-Bismol por días. Había llegado el momento, no podía retrasarlo más. Sacó el papel arrugado y húmedo de la bolsa del pantalón que había tirado en el suelo del baño, y se lo llevó a la cama. Apagó la luz de la recámara y prendió la lamparita del buró, misma que Mónica detestaba porque la luz que daba era tan tenue y oscura, que parecía embrujar la habitación.

Se acomodó en las almohadas como si se dispusiera a leer una carta de amor, o la mejor novela de aventuras. Desarrugó la nota y entornó la mirada para leerla. La repasó dos, tres veces y la dejó sobre el buró.

—¿Esto? —dijo en voz alta—, ¿esto es?

Volvió a tomar la nota y no le halló ningún sentido. "Ay, Gabo", pensó, antes de apagar la luz. Quizá Víctor Hugo podría deducir algo. Le llamaría al día siguiente.

***

Siete de la mañana. Víctor Hugo Fernández, vestido de traje y corbata, caminaba por los andenes del metro entre cientos de pasajeros. "Grotesca manada humana, un submundo bajo otro submundo", pensaba inevitablemente, como cada nuevo día. Con una expresión oscilante entre el aburrimiento y el mal humor, posó distraídamente la mirada en una mujer que cargaba un bebé. La gran máquina comenzó a hacerse presente: las luces y el escándalo llenaron la estación y la gente comenzó a avanzar lentamente, como un rebaño adormilado, para asegurarse la entrada a algún vagón. "Diario, lo mismo", pensó Víctor Hugo, irritado, "gente inter-cambiable con trabajos intercambiables, peleándose como perros para llegar a tiempo a la continuación de sus vidas miserables". Se regodeaba en su amargura cuando de pronto, y como si hubiera estado planeado para su satisfacción, un hombre se lanzó a las vías del tren. El cuerpo fue desmembrado en cuestión de segundos y la sangre salpicó a algunas personas. El tiempo se detuvo mientras los espectadores comprendían, poco a poco, lo que había sucedido. Comenzaron los gritos y los empujones, las mujeres alejaban a sus hijos de las vías, algunos morbosos se abrían paso a codazos, con los ojos muy abiertos y la esperanza de ver algo sangriento para estimularse. Víctor Hugo observó la escena con ojo casi clínico, y se alisó el cabello: uno de sus tics nerviosos. Lo que más le sorprendió fue ver a más de un hombre mirando su reloj con expresión irritada al ver que llegaría tarde a su trabajo. "Animales", se dijo.

Buscó un sitio apartado para recargarse en la pared mientras la policía desalojaba la estación, se arreglaba el desastre y la vida volvía a la normalidad. "Al menos ese tipo hizo algo al respecto", pensó. Por su parte, no pensaba salir de la estación. No tenía ninguna prisa por llegar a su oficina y siempre podría embellecer el suicidio que había presenciado y convertirlo en una excusa. Sacó sus audífonos y el libro en turno y en cosa de segundos estaba fuera de la realidad.

Mientras las cuadrillas de rescate ("¿qué creen que podrán rescatar?", pensó con sarcasmo Víctor Hugo) irrumpían en la estación, ignorando la presencia del ermitaño por completo, éste leía Tolstoi al ritmo de Bach y fantaseaba vagamente con su temprano retiro para dedicarse de lleno a sus aficiones intelectuales. Después de una larga espera que incluyó el fregar las vías para quitarles los restos de entrañas y materia gris, el servicio se reanudó y minutos después la gente comenzó a llegar a la estación, a bajar de los vagones, a pasar rozando a Víctor Hugo, que desdeñaba a todos por ver en cada rostro el reflejo de su propio fracaso y mediocridad.

El sol ya estaba muy alto en el cielo cuando los empujones, los codazos y el olor a vísceras quedaron atrás, "algo nuevo, al menos", pensó. Víctor Hugo llegó a las oficinas del bufete y la recepcionista lo recibió con una noticia que combinaba a la perfección con el desarrollo de su día.

—Buenas, "lic"… —saludó—, don Jorge ha estado preguntando por usted, muy molesto. Le urge verlo.

—Preferiría no hacerlo, —respondió Víctor Hugo con falsa cortesía, y se encaminó con paso lento a su lugar, su mazmorra, como le llamaba, dejando a la recepcionista boquiabierta.

—¿Preferiría…? —comenzó la atónita mujer—, pero… No, don Jorge…

—Ahí voy, ahí voy.

Entró a su oficina, dejó caer el portafolio sobre el escritorio, procurando hacer el mayor ruido posible, y se alisó el cabello. Miró a su alrededor y gruñó para sus adentros. "Repulsiva ciudad, repulsiva oficina, repugnantes muebles."

—¿Licenciado? Es que don Jorge dice que… —dijo, suplicante, la voz de la recepcionista. "Repugnante *don* Jorge", pensó Víctor Hugo.

—Que ya voy.

Se tomó algunos minutos antes de agarrar su cuaderno de notas y dirigirse a la inevitable reunión con su jefe, uno de los socios del bufete.

—¿Dónde se había metido? —lo regañó la secretaria de Jorge Ramos, con su boca pintada de rojo chillante y el escote de siempre. Víctor Hugo odiaba a esas "coquetrices", término que él mismo había acuñado—. Le llamé al celular pero estaba fuera del área de servicio.

—Yo *existo* fuera del área de servicio —respondió Víctor Hugo, pretendiendo ser enigmático para así enfatizar su superioridad intelectual—. ¿Que al jefe le *urge* verme?

—Ya cásese —murmuró la secretaria, arqueando las cejas—. Pásele.

Entró a la deslumbrante oficina de Jorge Ramos y la comparó, como solía hacer cada vez que entraba, con su hórrido rincón lleno de papeles y cuadros genéricos que no descolgaba para poder regodearse en su fealdad. "Lo que es nacer rico, bien colocado", se dijo resentido. Sus viejos sueños de convertirse en un abogado justiciero, casi un superhéroe, se habían esfumado hacía muchos años, siglos, parecía. Como a muchos jóvenes, la vida le había enseñado que, al menos en su profesión, el sistema no funcionaba. Las escenas tantas veces vistas en las películas de su adolescencia, en las que los grandes abogados se levantaban, desafiando a los jueces, para gritar "Objeción", no existían en los tribunales mexicanos, en los que los veredictos se adquirían por medio de dinero o poder. En su ejercicio profesional todavía no había conocido a nadie que fuera insobornable.

—Siéntate, por favor —dijo Jorge, indicándole una silla mucho menos cómoda que la que él mismo ocupaba. Suspiró y miró a través de los enormes ventanales que le ofrecían una hermosa, si bien contaminada, vista de la ciudad—. ¿A poco ya es mediodía? Qué rápido se pasan las horas cuando uno está trabajando, ¿verdad, mi querido Víctor?

El abogado tuvo que reprimir sus músculos faciales para no dejar escapar su desdén. Además, detestaba que le llamaran Víctor a secas. Narró el incidente del metro tiñéndolo de los colores que más le convenían y omitiendo el detalle de que pudo haber encontrado cualquier otro medio de transporte para llegar a la oficina. Su jefe escuchó la historia con expresión imperturbable, escéptica.

—Qué horror —dijo sin convicción—. En fin. Los Quezada necesitan la documentación para ayer, ¿qué hay de eso?

—Hoy queda. Se la traigo a las tres para que la revise. Voy a ordenar que nadie me moleste y me enclaustraré en la oficina.

—A las tres entonces, Víctor.

El aludido asintió y levantó las cejas como preguntando si eso era todo. A modo de respuesta, su jefe levantó el auricular de su teléfono y giró en su silla, dándole la espalda. Víctor Hugo se levantó y salió de la luminosa estancia. Al pasar frente a la secretaria, dijo, con una irónica sonrisa:

—Ya sabes, otro aumento.

La mujer lo ignoró y el abogado volvió a su oficina, satisfecho de poder encerrarse con un buen pretexto. El contrato estaba virtualmente terminado, de modo que había ganado unas horas para sí mismo y se congratuló: aun robándole tiempo al trabajo, superaba a los demás, y aunque no era el favorito de los jefes, su eficiencia no podía negarse, y los de arriba solían pedirle, a regañadientes, su opinión acerca de temas muy diversos. A veces obtenían respuestas enigmáticas, cargadas de retórica, pues disfrutaba de intercalar anécdotas y frases célebres que hacía pasar por propias para burlarse de sus interlocutores y de su ignorancia. Como era usual, *don* Jorge tendría que felicitarlo. "Ojalá que sus mal redactados cumplidos se tradujeran en incrementos de salario", pensó, y se dejó caer en su silla, bajo el foco de luz amarilla. Revisó los documentos que debía entregar en algunas horas, hizo algunas anotaciones y pidió a la recepcionista que hiciera las correcciones.

—Ya sabe que luego me regañan, que las debe hacer usted —susurró la mujer cuarentona, mientras miraba a su alrededor. Terminó aceptando, claro. Cerró la puerta antes de salir y Víctor Hugo se levantó de la silla, se estiró hasta que le tronaron los huesos de la columna y volvió a tomar asiento. "Ahora sí", pensó. La música volvió a sus oídos y se dispuso a terminar el libro que había estado devorando los últimos días, no sin antes encender el cigarrillo de costumbre. "Soy fumador literario", pensó, y se burló de sí mismo. "Al menos debería fumar pipa, sería más glamoroso." Lo que habría dado por vivir encerrado en una biblioteca, sin prisas, entregas ni gente a su alrededor. Al menos le quedaban los libros: el escape perfecto. Su mente salió volando por la angosta ventanilla mientras sus sentidos estaban sumergidos en la historia, el humo y la música. Su placer no duró mucho, pues su celular vibró dentro de la bolsa interna de su saco, obligándolo a aterrizar en el hoyo negro que le parecía el mundo real. Refunfuñó, furioso, hasta que reconoció el número. Era una de las pocas personas en el mundo que toleraba. Había que responder.

**

Mateo se agitó en la silla de la grasienta y ahumada fonda mientras fingía concentrarse en un periódico que no llegaría a leer. Lo ponía nervioso encontrarse con ex compañeros de trabajo, que frecuentaban ese lugar para atascarse de guisados baratos ("Menú ejecutivo", se burló Mateo mentalmente) o para tomar una cerveza a la salida. No quería dar explicaciones y sentía resentimiento por ese lugar como con todo lo relacionado a Chore-Summa. Excepto por Marisol, que venía en camino y había elegido esa cafetería. Marisol, la eterna optimista, la patriota empedernida, la genio de sistemas a la que había visto todos los días en los laboratorios, por años. "La única mujer en el mundo que se ve bonita con cofia y lentes contra radiación", solía decirle Mateo, y las mejillas sonrojadas de Marisol contrastaban deliciosamente con la bata blanca. Mejor no pensar en eso, más valía calmarse, limpiar su mente y ver qué tenía que decir Marisol. Ah, Marisol. A ver qué tenía que decir con su voz rasposa e involuntariamente insinuante. Quizá se había enterado de lo de Mónica, y… "Basta ya", se dijo Mateo, y para borrar cualquier agradable vestigio, abrió el periódico al azar y se le apareció la cara de un diputado bigotón cabeceando en una reunión del Congreso. Eso era justo lo que necesitaba. Intentó leer la predecible noticia y empezó a calmarse. Se sintió vagamente culpable por ser capaz de fantasear después de lo que le había pasado a Gabriel. "Sí, pobre Gabriel…"

—Hola —dijo la voz que hacía sólo unos segundos intentaba olvidar. Mateo cerró el periódico torpemente, hundiendo la esquina de éste en su café tibio y salpicando en el proceso a la recién llegada.

—Perdón, perdón —masculló, furioso consigo mismo por su torpeza. Dobló el periódico y lo puso bajo sus pies. Después acomodó la silla que Marisol ocuparía, levantó su taza y volvió a dejarla en la mesa, todo con tal de retrasar el momento de verla a la cara. Marisol dejó escapar una risita y se sentó frente a él. Traía el largo cabello amarrado en un chongo, como era usual, y su cara con los pequeños defectos que le fascinaban, libre de maquillaje ni estorbos por el estilo. "No como Mónica", pensó Mateo con resentimiento, "que se embarraba toda clase de porquerías". El mayor encanto de Marisol era que ignoraba por completo su atractivo y, al no hacer nada por acentuarlo, brillaba en su naturalidad.

—Hace ya más de dos meses, y por eso te llamé.

La chica estaba concluyendo alguna frase más larga y Mateo no había escuchado absolutamente nada, aunque la miraba con fijeza y asentía con cada palabra. Ahora le tocaba hablar, y se dio una bofetada mental para poder decir algo.

—Sí, sí —tartamudeó. Marisol asintió gravemente y volteó para pedir un café.

—¡Qué bueno! ¿Y cómo va? —quiso saber ella.

—¿Cómo va qué?

Marisol sonrió, supo que no le habían puesto atención.

—Pues tu nuevo trabajo, Mateo. Acabas de decir que sí encontraste algo.

—Ah... no —replicó, confundido—. No, todavía nada. Pero bien, todo bien.

—Bueno...

—Pero tú dime, qué tal el trabajo, cómo estás, en qué andas, qué cuentas —soltó atrabancadamente. Se sintió como un adolescente infatuado y el color le subió al rostro. "Tienes más de cuarenta años y un hijo, sigues casado, *tienes* que calmarte, no es posible", se dijo. Marisol se tomó unos segundos para digerir y ordenar todas esas preguntas y respiró profundamente.

—Yo estoy bien. El trabajo... Pues los que te conocemos nos quedamos muy sorprendidos al dejar de verte de un día para otro, hay rumores, el ambiente sigue tenso, la verdad. De hecho, soy como la embajadora del equipo, todos querían saber cómo estabas y qué había pasado bien a bien, y por eso te llamé.

—Ah —dijo Mateo, decepcionado. "O sea que no eres *tú* la interesada... es 'el equipo'"—. Pues no les quise liberar unos productos y me corrieron. Así de simple, después de veinte años.

—Es lo que yo dije. ¿Y cómo estás? ¿Cómo es que no has conseguido algo, con tu trayectoria? ¿Y Mónica? ¿Tu hijo?

—Pues... —dijo Mateo, y calló.

—No estás bien. No te veo bien, Mateo. Si no tienes chamba es porque no la has buscado. ¿Qué estás haciendo? ¿Y esa barba de vago? Te veo mal, mal.

La reunión estaba yéndose por un camino muy desagradable. Marisol lo conocía más que nadie y sin duda tenía buenas intenciones, pero su preocupación y sus regaños le avergonzaban. De pronto no se sentía con ganas de explayarse en sus pequeñas tragedias, de contarle que su mujer lo había dejado, que hacía semanas no hacía el menor intento por ver a su hijo, que su departamento era un campo minado de botellas vacías y ropa sucia. No quería admitir que su despido lo había sumido en una depresión que cualquiera consideraría peligrosa, y que justamente cuando comenzaba a ver una luz al final del camino, había recibido aquella llamada de Gabriel, y todo lo que había pasado después...

—Estoy intranquilo por un tema muy delicado —se oyó a sí mismo decir.

—¿Qué cosa? —preguntó Marisol.

—De hecho, olvídalo. No sé si puedo contarte. Es muy peligroso— declaró, y se sintió más fuerte; de pronto, su descuidada apariencia, su nerviosismo, su incapacidad de encontrar trabajo, el abandono de su esposa, todo podría tener una razón legítima y enigmática. "Y además es cierto", intentó justificarse, "sí he estado preocupado por esto".

—¿Peligroso? —repitió ella, alarmada. A Mateo ver esa chispa de interés en sus ojos, le hizo sentir mucho mejor—. ¿De qué se trata? ¿En qué te metiste?

—No soy yo. ¿Te acuerdas de mi amigo Gabriel?

—Claro.

—Pues me citó en la Basílica de Guadalupe, y...

Marisol escuchó cada palabra con atención y sin tocar siquiera su café. Mateo pronto olvidó los torcidos motivos que lo habían llevado a contar la historia: compartir lo que había presenciado, llevarlo al plano de la realidad al confiárselo a alguien más, le causó un alivio inesperado. Ya comenzaba a creer que había imaginado todo.

—¿Y desde entonces no sabes nada de él? —inquirió Marisol, con los ojos castaños muy abiertos.

—No… quise olvidarlo, no sé de qué se trate todo esto…

—¿Fuiste con la policía?

Mateo sonrió irónicamente, como diciendo "¿La policía? ¡Por favor!"

—Ya sé lo que opinas, pero no todos son iguales. Tienes que avisarle a alguien.

—¡*Todos* son iguales! ¿Tú crees que van a buscar a un tipo insignificante, al que además mandó capturar alguien que seguro se mueve en altas esferas? Si acaso, estarán involucrados en algo…

—Al menos le habrás contado a Mónica, para desahogarte… —aventuró Marisol. La pregunta no venía mucho al caso y Mateo disfrutó saber que lo que realmente quería averiguar la chica frente a él era si le tenía mayor confianza a su mujer o a ella.

—Mónica… Mónica y yo nos separamos.

—¿Qué? ¿Cómo? ¿Cuándo? —y estiró los brazos sobre la mesa para acariciarle a Mateo la mano cariñosamente—. Así que llevas cargando esto tú solo por semanas.

El contacto le provocó a Mateo un pequeño escalofrío y se movió nerviosamente en la silla. Sus pies hicieron que el periódico crujiera. Asintió.

—No quise decirle a nadie. Ahora ya no sé si te involucré en algo peligroso.

—Eres mi amigo, Mateo. Y espero que todavía me veas como una amiga, tú también. No sé si pueda ayudar en algo.

"Una amiga", se repitió mentalmente Mateo, y retiró su mano. Ella retrocedió también, y se recargó contra el respaldo. Ambos callaron por unos instantes, incómodos y nerviosos. ¿En qué podía ayudarle Marisol?, pensaba Mateo. La verdad es que se sentía menos solo ahora que ella sabía.

—¿Qué pasó con Mónica? —preguntó ella.

—Ah, ya sabes… No andábamos bien, y que me quedara sin trabajo no lo soportó. Mis razones, menos. Llevábamos peleando mucho tiempo, y ahora con los dos metidos en la casa, las cosas explotaron. Sólo se aceleró lo inevitable, la verdad. Ya se veía venir.

—Lo siento mucho, Mateo. De veras.

—Gracias, gracias. Creo que fue para bien. Íbamos a terminar odiándonos, y eso sólo iba a ser peor para José —dijo Mateo.

—Claro. Pues bueno… ánimo, qué te puedo decir.

—Gracias.

El tema se agotó y Mateo temió que Marisol se fuera. Se sentía bien a su lado, había estado demasiado solo.

—¿Cómo estás tú? No me has contado nada de ti.

—Todo igual, todo igual —dijo demasiado rápidamente. Él la conocía. Escondía algo.

—Estás saliendo con alguien —adivinó, y antes de que ella respondiera, supo que estaba en lo correcto. El aguijón de los celos se le enterró con penosa lentitud en el estómago.

—¿Cómo supiste?

—Te conozco. Y te ves muy guapa. Estar enamorada te queda bien.

Marisol sonrió tímidamente y bajó la mirada. Mezcló su café frío y una delgada capa de nata quedó adherida a su cuchara.

—¿No ibas a contarme? ¿No que somos amigos? —dijo Mateo. "Pórtate a la altura", se había ordenado.

—No me pareció el mejor momento.

—Sol, por favor.

—No quería molestarte.

—¿Y a qué se dedica, el afortunado?

—Es pintor. También diseña en una agencia de publicidad.

—¿Y se llama..?

—David.

***

David había planeado el momento largamente, y ahora, al fin, tenía el pisapapeles en la mano. Se trataba de una piraña atrapada en un contorno de resina transparente: el animal que representaba el espíritu de la empresa. "Cómete a todos, no dejes ni un retazo. Bienvenido a Sal-San", canturreó David, como si se tratara de un estribillo publicitario de los que se producían a docenas en la agencia. Se lo habían regalado a él y a otros empleados en alguna fiesta corporativa.

Iba a lanzar el horrible objeto contra la pantalla de su computadora (había imaginado lo que pasaría tantas veces…), cuando uno de sus colegas, que atravesaba el pasillo tras salir del sanitario, tosió débilmente para después derrumbarse. El ruido sordo atrajo la atención de los diseñadores, que emergieron de sus cubículos y al ver al hombre inconsciente, se precipitaron hacia él. "La monotonía es hoy la causa número uno de muertes en nuestro país", narra David mentalmente, con el tono de los comerciales de productos médicos que ha escuchado en su trabajo tantas veces, "cuídese, usted y a sus seres queridos, trabajando en algo que le motive y no encerrado inventando estúpidos logotipos para productos inútiles. Usted puede hacer la diferencia. Cambie de trabajo, hoy". Su propio comercial terminó por darle el empujón que necesitaba. Rodó hacia atrás con su silla y lanzó la piraña al monitor de su computadora. La pantalla estalla con un pequeño espectáculo de chispas y trozos de cristal y sus colegas desatienden al hombre inconsciente para averiguar qué había pasado ahora.

—Ahí dentro encontrarás muchas ideas estúpidas para alimentarte —le dijo David en voz alta a su piraña. "Arte abstracto", pensó con una sonrisa.

Los empleados rodearon su cubículo mientras él, con parsimonia, se ponía de pie. Tomó una postal enmarcada que representaba uno de sus cuadros favoritos: un director de orquesta que sostenía, a modo de paleta, un arcoíris con el que pintaba el horizonte. El hombre parecía cantar mientras trabajaba. Después David tomó su pluma, la acomodó en la bolsa de su camisa, y comenzó a caminar hacia la salida, ante la mirada pasmada de sus compañeros. Y comenzó a silbar, pues ¿por qué no? "Así todos dispondrán de material suficiente para llenar sus vidas que son como el agua: incoloras, inodoras e insípidas", pensó satisfecho.

Todo había sucedido tan rápido, que nadie tuvo tiempo de reaccionar. David llegó hasta la recepción sin que nadie lo detuviera ni para preguntarle qué demonios le pasaba. La recepcionista limpiaba un macetero: por el desgaste de su superficie, las aves exóticas esculpidas a relieve parecían desmembradas. En la pared colgaba, en aluminio, el logotipo de la empresa, compuesto por los apellidos de los dueños: Salazar y Sánchez. Sal-San. "Uno creería que a un par de publicistas se les podría ocurrir algo mejor", pensó con desprecio. La recepcionista no interrumpió su labor ni para mirar a David. "Ah, la amabilísima señora Regina. Cómo la voy a extrañar." Antes de salir, miró su propio rostro reflejado en el cristal de la puerta.

—Bien, te ves bien —se dijo, acomodándose el cuello de la camisa sin almidonar. Su color había vuelto, o al menos así lo percibía. Nadie podría robarle aquella feliz osadía: por primera vez en mucho tiempo se sintió alegre, travieso, vivo. "Esa piraña me devolvió mi vida", pensó, y abrió la puerta para enfrentarse al exterior. ¿Qué importaba haber quemado todas las naves? No necesitaba cartas de recomendación, se dedicaría a pintar. Al demonio con la liquidación, con las quincenas fijas. Ése había sido el costo de la temeridad que, orgulloso, podría contarle algún día a sus nietos.

Comenzó a caminar por la acera, aún inquieto. Se sentía ligero y la emoción de la novedad le hacía cosquillas. "El trabajo, David, te permitía vivir, pero te estorbaba para ello. Destrozaste ese tiempo sin tiempo, para iniciar uno propio y auténtico. No tardará en invadirte una gran seguridad… Ah, la felicidad de hacer lo que quieres, de ser libre", pensó. ¿Qué iría a decirle Marisol? ¿Y sus compañeros? No cabía duda de que algunos llamarían simplemente para alimentar su morbosa curiosidad. Para ellos, David sería recordado o como un héroe, o como un idiota que no tardaría en darse cuenta de que el idealismo no sirve para comer.

Su pulso se normalizó mientras caminaba por la acera. Se detuvo para observar la ciudad ahora que los horarios laborales ya no le aplicaban a él. Era una selva extraña, donde el movimiento no cesaba, donde los aromas, los colores y el ruido invadían los sentidos y los aturdían. "Qué mundo maravilloso", se dijo. Le hizo una seña a un taxi y al subir le indicó su dirección. Apenas estuvo en camino, desenfundó su celular.

—¿Marisol?

—Hola amor —susurró su novia, como si estuviera dentro de un cine—. ¿Todo bien?

—Me urge verte.

—¿Cuándo?

—Ahora mismo.

—¿Ahora?

—Sí.

—¿Algún problema?

—No.

—¿Entonces?

—Necesito pintarte desnuda y hacerte el amor. Aunque no en ese orden.

—¿Estás bien? ¿No estás trabajando?

—Ven, ven, por favor. Te estaré esperando en mi departamento.

—Voy para allá.

David colgó y acarició el teléfono distraídamente. Hacer el amor con Marisol, a las cinco de la tarde. Ante esa perspectiva valía la pena perder cualquier trabajo.

***

Por suerte, el sonido del celular de Marisol interrumpió el incómodo silencio que parecía bajar el volumen de todas las conversaciones de alrededor.

—Es él. Es David. ¿Qué curioso, no? —dijo Marisol, sonriendo. No podía ocultar la emoción del enamoramiento y Mateo respiró hondo para defenderse de sus propias emociones—. Tengo que contestar, nunca me habla del trabajo. Perdón.

Mateo asintió y le indicó con la mano que respondiera, aunque ella ya lo había hecho. Escuchó a medias la llamada, intentando ser discreto. Quiso tomar el periódico del suelo pero su propia silla lo había prensado y sólo terminó de rasgarlo. La torpeza había vuelto. Más valía que fuera un buen tipo, ese David…

—Tengo que irme —dijo Marisol, tomando su bolsa.

—¿Qué pasó? ¿Todo bien?

—Sí, todo bien. Sólo tengo que irme. Pero te llamo, ¿está bien?

"Te llamo", repitió mentalmente Mateo. Jamás lo llamaría. Estaba enamorada, y en todo su derecho. La reunión había sido amistosa, y ahora había terminado. Debía regresar a su propia vida. Ella se despidió y él se hundió en la silla. De pronto, recordó algo y la llamó. Marisol volteó a verlo, en su cara había una sonrisa que no era para él.

—Oye, ¿no hablabas náhuatl? —preguntó Mateo, sin proporcionar contexto alguno. Marisol frunció el ceño, extrañada.

—Un poco, ya lo sabes… Lo aprendí para mi servicio social y me gusta la poesía en náhuatl. ¿Y esto por qué viene al caso…?

—Quizá puedas ayudarme en algo, después de todo. Si todavía quieres.

Marisol desandó sus pasos y dijo, firmemente:

—Claro que quiero ayudarte. Somos amigos.

—¿Has oído hablar del *Nican mopohua*?

Si ayudo a una sola persona a tener
esperanza, no habré vivido en vano.
Martin Luther King

"¿Cuánto tardará?", se preguntó David. Necesitaba
que Marisol llegara, pues el pasado y el futuro, la
nostalgia y el miedo al porvenir, se habían aliado esa
tarde en su contra. ¿Qué pensarían sus padres si lo
vieran en ese momento, desempleado y planeando
dedicarse de lleno a la pintura? Y con una novia de
izquierda, para colmo. Sus padres habían muerto en
un accidente automovilístico cuando él tenía vein-
tiún años. Su hermano mayor, César, ya se había
casado para entonces, y vivía en provincia. David
y él eran polos opuestos: César había seguido las
costumbres familiares y su formación había sido en
escuelas religiosas y de ideas conservadoras. David,
en cambio, se había rebelado en estos colegios y
logró que fueran corriéndolo, uno a uno, de todos,
hasta terminar en una escuela de gobierno, donde
se sintió mucho más a sus anchas. Siempre quiso

dedicarse a la pintura, pero su madre, un ama de casa, y su padre, un burócrata que trabajaba en una oficina gubernamental, eran comunes y corrientes, y con los valores típicos de su clase, así que jamás apoyaron sus aspiraciones artísticas. "Te vas a morir de hambre", le decían en las airadas discusiones de su adolescencia. Temían que terminara llevando una vida bohemia y disipada. César, por supuesto, tampoco lo respaldó, y se encargó de que terminara la carrera de diseño gráfico, que David había elegido a causa de la presión y creyendo que al menos no estaba tan alejada de su verdadera vocación.

"Por fortuna no los llegaste a odiar", se dijo David. Las culpas que seguiría cargando más de una década después, serían terribles. Había comprendido que sus padres nunca actuaron por maldad o falta de amor; su cosmovisión les pesaba demasiado, eso era todo. "Quizá", pensó mientras miraba una vieja fotografía, "se habrían llegado a enorgullecer de mí algún día". Eso era lo que más le pesaba en su eterno duelo: que sus padres no llegarían a conocerlo como un hombre, ni a Marisol. Y que César, siendo tan diferente, estaba muy lejos, a todos niveles.

A pesar de todo, su hermano había servido de aval para que David pudiera alquilar el lugar en que vivía, el cual inicialmente había sido planeado como un área de convivencia para los inquilinos del edificio. Después, el dueño lo había adaptado como vivienda. El diminuto espacio parecía un invernadero a causa de los improvisados ventanales que se habían instalado para cerrar el espacio, que fuera de eso, carecía de intimidad, además de que en invierno era un frigorífico y en verano, un sauna. Sin embargo, a David siempre le gustó que, a la luz del sol, todo el cuarto parecía una joya resplandeciente. "Una pequeñísima joya", se dijo. En efecto, el cuarto comenzaba a quedarle chico, pero aún no podía pagar nada mejor. La mayor parte de su sueldo se le iba en óleos, lienzos y pinceles. Cuando se enfrentaba a las dificultades que causaban las carencias económicas, se repetía la misma cantinela de siempre: "El éxito de los artistas nunca será medido por la abundancia material".

El timbre lo devolvió al tiempo presente. "Al fin". Llegó hasta la puerta después de patear pequeños lienzos y tubos vacíos de óleo y se limpió la frente con la manga de esa camisa formal que nunca más tendría que usar. Marisol volvió a tocar, y el cuerpo de David comenzó a estremecerse ante la perspectiva de lo que sucedería cuando abriera la puerta. Se tomó unos segundos más: atrasar el placer sólo lo acrecentaba.

—Pensé que no estabas —increpó Marisol fingiendo enojo. De nuevo traía la salvaje cabellera sujeta en su peinado. El corazón de David estaba agitado. Su contrastante personalidad, que solía sorprender a Marisol, giró de nuevo en su interior y se tornó agresivo, ansioso, impaciente. Sus manos jalaron a la chica al interior del invernadero, que olía a aceite y solventes, y la azotaron contra la puerta de entrada. Marisol apenas tuvo tiempo de respirar cuando unos labios feroces buscaron su cuello, su nuca, sus pechos. El sol ya se escondía en el horizonte, pero el fuego que emanaba de la joven pareja mantuvo el calor en el departamento por el resto de aquella noche. Marisol se dejó hacer, jadeante y sonriente. David se separó de su boca para analizar cada centímetro de su cuerpo a medio desnudar, mientras ella permanecía con la espalda contra la puerta.

—Eres… —comenzó él, parecía no encontrar las palabras y se dijo que por eso era pintor y no poeta. Volvió a pegar su cuerpo al de ella con urgencia, necesitaba sentir su pecho contra los hermosos senos de Marisol, buscar el latido de su corazón a través de su piel fragante.

—¿Soy qué? —preguntó ella con voz rasposa y sensual.

—Eres… eres la belleza de todas las musas en una sola.

Ella sonrió y se miraron a los ojos unos instantes. Después dio un paso adelante, quería volver a abrazarlo, llevarlo hasta la cama deshecha y encontrarse al fin, pero él retrocedió, sorpresivamente.

—¿Qué pasa? —susurró ella mientras lo atravesaba con su mirada ardiente.

—Déjame verte —suplicó él, y siguió retrocediendo hasta tomar asiento en un banco salpicado de pintura. Ella dejó de avanzar y comenzó a moverse cadenciosamente, con toda calma y absoluta conciencia de los efectos que causaba en ese hombre al que deseaba como nunca había deseado a nadie antes. Se volteó hasta quedar frente a la puerta y deshizo el chongo en el que se enroscaba su cabello como una boa dormida. La melena cayó sobre su espalda, justo como a David le gustaba. Él trataba de memorizar cada movimiento, cada imagen, lamentando que nunca llegaría a ser lo suficientemente talentoso como para hacerle justicia a Marisol en una pintura.

—No quiero olvidarte nunca, Sol. Para que cuando me dejes, sigas viviendo en mis trazos.

Ella dejó de moverse y lo miró dulcemente. Caminó hasta él y se sentó sobre su regazo.

—No voy a dejarte nunca. Te amo —declaró. Se besaron, aferrándose al cuerpo del otro con los dedos como garras. Las palmas de él recorrieron la tersa espalda y desabrocharon el sostén, que ella dejó caer al suelo para después abrir botón a botón la camisa de David y pegarse a su piel.

—Déjame verte. Desnúdate para mí, Sol.

Ella se puso de pie. Su largo cabello le tapaba el pecho y casi llegaba a su vientre. Se desabotonó el pantalón y se deshizo de él con calculada lentitud. David miraba, adolorido ya a causa del deseo insoportable. Marisol giró para permitirle admirar todo su cuerpo y, finalmente, se despojó de la diminuta tanga que sugería más de lo que ocultaba. Se la lanzó a David y él se apoderó de ella como si se tratara de un objeto valiosísimo.

—Tanta belleza es imposible.

Ahora ella se resistió, y siguió tentándole por algunos minutos, tiempo que a él le pareció infinito. Marisol recorría el departamento exponiéndose a alguna mirada furtiva e indiscreta, aunque la luz era ya difusa, misteriosa, como siempre que atardece. Flotaba entre los aromas y los vestigios de luz como una aparición, sabiéndose hermosa y admirada. David la observó y ya no aguantó más. Se puso de pie y ella intentó escapar, mientras reía y agitaba su cabello, divertida y excitada. La persiguió hasta la diminuta recámara. Ella esperaba de pie sobre la cama.

—Ya no hay a dónde escapar —amenazó él, y se desabrochó el pantalón, que cayó a sus pies. Ella lo miró y se mordió el labio inferior. Brincó de la cama, como una niña traviesa, y David la estrechó entre sus brazos, impidiéndole huir. La cargó en vilo y la dejó caer sobre la cama. Iba a lanzarse sobre ella sin tardanza, pero no pudo evitar recorrerla con la vista, admirado, por unos segundos.

—Eres... —volvió a murmurar. Ella abrió los brazos, invitándolo. Él cayó sobre el cuerpo que lo esperaba, y ella abrazó la espalda de su amado con las piernas. Sus lenguas se buscaron y los latidos de ambos se unieron para formar un ritmo vertiginoso que los cuerpos obedecían sin pudor. David la amaba en silencio, arrebatado, mientras Marisol gemía y murmuraba palabras incomprensibles.

Minutos después ambos intentaban recuperar un ritmo normal de respiración. No hablaron por un rato: a veces el silencio dice mucho más. David se cubrió con la sábana revuelta, agotado, mientras que Marisol, satisfecha y de excelente ánimo, rebosaba de energía. Se puso de pie y llegó hasta el viejo radio que estaba sobre una mesita. Paseó por las estaciones mientras el placer seguía recorriendo sus venas.

"Te propongo cosas simples, son las cosas de este amor..." Marisol movió la cabeza para seguir la melodía y volteó a mirar a David, que dormitaba.

—Te invito al cine y a cenar. ¿Qué dices?

David sonrió con los ojos cerrados, preguntándose si la chica hablaría en serio.

—¿Qué quieres ver? —preguntó con voz adormilada.

—Me da igual —respondió ella. *"Yo no te propongo ni el sol ni las estrellas, tampoco yo te ofrezco un castillo de ilusión..."*, continuaba la canción. Marisol volvió a la cama y se acurrucó junto a su novio.

—Saliendo del cine podemos regresar, y tener una segunda función —propuso pícaramente. No obtuvo respuesta. Levantó la cabeza del pecho de David y vio que dormía profundamente. Suspiró. "Ni modo", pensó, "era demasiado pedir". La noche los había alcanzado y la única luz provenía de los faroles de afuera y de los autos que pasaban. Marisol buscó una playera en el pequeño clóset y se la puso. Tomó al azar uno de los libros de pintura que estaban regados en el suelo y prendió la lamparilla del buró. Se acomodó y antes de comenzar a leer, acarició la tibia piel del plácido cuerpo durmiente. Sus dedos se escabulleron por debajo de la sábana y David le dedicó una media sonrisa desde su satisfecha inconsciencia. El deseo hizo presa de Marisol y destapó por completo a David, quien se estremeció de frío.

—¿Estás dormido? —le preguntó al oído. Recibió un breve gruñido como respuesta. Comenzó a besar su cuello, bajó por su pecho, llegó a uno de sus costados y se detuvo. Algo le había llamado la atención.

—¿Y esto? —le preguntó a David en voz alta.

—¿Mmm? —murmuró él.

—Esto que tienes aquí, debajo de las costillas. ¿Es una cicatriz?

David se apoyó sobre sus codos, resignado, y bostezó.

—¿Qué tengo? —quiso saber.

—Esto —señaló Marisol.

—Es un lunar. ¿Nunca lo habías visto?

—No me había fijado bien. Tiene forma de mano.

—¿Ah sí? —dijo David, sin ningún interés.

—Sí, mira, tiene forma de mano. Yo tengo uno igual.

—Me trae malos recuerdos —interrumpió David.

—¿Por qué?

—No importa… Oye, ¿no te ibas a dejar pintar?

—Ah, con eso sí te despiertas, ¿verdad?

Y en efecto, David ya estaba de pie, estirándose y buscando con la mirada un lienzo en blanco.

—Prefiero verte a ti que ir al cine —dijo él mientras se ponía unos pantalones. Comenzó a preparar sus utensilios—. Vas a tener que quitarte esa playera, Sol.

—¿Y por qué?

—Te ves mejor sin ella, por eso —respondió como si se tratara de una pregunta cualquiera, y comenzó a elegir los tubos de óleo que utilizaría. Después de un par de minutos buscó a Marisol con la mirada—. No te has quitado la playera.

—Quítamela tú —retó ella. Al poco tiempo ambos estaban desnudos de nuevo, y mientras jadeaban, el lienzo en blanco observaba, mudo, desde el caballete.

—Con toda la flojera del mundo, voy a tener que irme —anunció Marisol una hora después—. Hoy me salí temprano del trabajo y ya no regresé, y mañana no puedo llegar tarde, toda desvelada y con la misma ropa.

—Quédate —suplicó él, abrazándose a ella.

—No puedo. No tengo ropa aquí.

—Múdate —propuso él intempestivamente. Ella lo miró sorprendida, como preguntando "¿Estás hablando en serio?", y sólo necesitó un segundo para leer en el rostro de David que no, no hablaba en serio, lo había dicho sin pensar.

—No quepo aquí —dijo Marisol para cerrar el tema pacíficamente. Después se levantó, desenlazó las manos de él de su cintura y se puso a buscar su ropa, distribuida por distintos lugares del departamento.

—Renuncié, Sol —oyó que decía la voz de David, y corrió de vuelta a la recámara.

—¿Qué? ¿Qué pasó?

—Ya no aguanté más. Voy a ser pintor, ahora sí.

—¿En serio? ¡Felicidades! —y se abalanzó sobre él para abrazarlo. "Así nunca vamos a poder mudarnos a otra parte, pero bueno...", pensó, inundada de sentimientos encontrados. Se vistió mientras él le contaba la historia de su renuncia a muy grandes rasgos, y después se fue. "Pero nunca te vas", pensó David mientras se volvía a poner los pantalones. Se paró frente al lienzo, que parecía desafiarlo, y tomó un pincel. Tenía ya el boceto mental de la primera obra que marcaría el comienzo de una nueva época. "Nunca te vas, mi Sol."

***

JUAN DIEGO 475 TEPEYAC
CUIDADO CON EL AZACÁN
EL OCASO REVELA SECRETOS

Mateo volvió a leer la nota, esta vez excitado. Por alguna razón, sentía que algo importante podría estar en camino. Quizá había sido el encuentro del día anterior con Marisol, que aunque agridulce, le motivaba a investigar más a fondo el asunto de Gabriel, aunque fuera para poder involucrarla y verla de nuevo. O quizá el Destino estaba diciéndole algo: había perdido, en pocas semanas, todo lo que le ataba a una vida específica, y ahora se le presentaba este enigma, justo ahora, cuando podría dedicarse a resolverlo. Debía hacerlo, al menos para averiguar dónde estaba su amigo. No recordaba la última vez que se había sentido así: tenía un propósito.

La mañana se le fue en asuntos triviales pero necesarios para cambiar de canal: limpió el departamento, lavó toda su ropa, y mantuvo las ventanas abiertas, para que el aire fresco limpiara la sensación de encierro e incluso se llevó las agrias palabras que él y Mónica se habían dicho antes de que ella se fuera. Se bañó y se rasuró por primera vez en semanas, fue al banco a pagar la luz, el gas, el agua, y hasta pasó a la peluquería. Por último llenó su refrigerador de algo más que botellas de cerveza. Se miró en el espejo. Era él de nuevo. Ahora sí podía volver a respetarse.

Estaba agotado, pero satisfecho. Era el inicio de una nueva etapa. Para empezar, tenía que ir al domicilio que indicaba la nota. Había que recabar la mayor cantidad de información si iba a involucrarse y a involucrar a sus amigos en algo tan extraño. Debía pensar muy bien qué información debía revelar y cuál no.

Se preparó algo de comer y un café. Otro café. Faltaban un par de horas para el ocaso, hora en la que planeaba presentarse en la dirección indicada. Esa tarde dejó de sentirse desempleado, los nervios y la adrenalina corrían por sus venas mientras se imaginaba a sí mismo siendo parte de una ficción detectivesca de grandes vuelos, como en sus mejores fantasías adolescentes. La impaciencia lo venció y se dijo que no estaría mal dar algunas vueltas alrededor de ese domicilio antes de intentar averiguar algo más. Quizá el área estuviera vigilada. La imagen de los uniformados llevándose a Gabriel a rastras de la Basílica volvió a su mente y le encogió las entrañas.

Con los dedos temblorosos a causa del exceso de cafeína y los nervios, Mateo encendió su auto. Dio unas cuantas vueltas por las calles de alrededor y no divisó nada sospechoso. "Aunque qué se yo qué es sospechoso y qué no lo es", se dijo. "Soy un detective *amateur*. A ver si no me meto en más problemas de los que resuelvo." Sin detenerse, miró la casa que indicaba la nota. Tenía un letrero de "Se renta cuarto" pegado sobre un cristal. "Informes aquí." Finalmente decidió buscar un lugar para estacionarse. A media cuadra del domicilio, un auto estaba dejando libre un espacio y Mateo sonrió emocionado, como si eso fuera un mensaje más del destino. Claro que de inmediato, y como si hubiera emergido de la nada, un muchacho apareció con un par de huacales y los puso en la calle, marcando su territorio.

—Quita tus cajas, ¿no? —le gritó Mateo.

—Sí, son veinte pesitos, jefe.

—A la salida vemos —gruñó, molesto. Se estacionó y comenzó a caminar, mirando de reojo a su alrededor. Aunque se había aprendido la dirección de memoria después de leer la nota tantas veces, sacó el papel de su bolsa y verificó el número.

Llegó frente a la casa pero no halló ningún timbre. Golpeó el portón apolillado y temió que sus golpes terminaran de resquebrajar la vieja madera. Volteó a su alrededor y sólo vio al muchacho de los huacales, que estaba muy interesado en cada uno de sus movimientos. Esperó un minuto y volvió a tocar.

—Diga —gritó una voz femenina. Mateo retrocedió un par de pasos para ver de dónde venía la voz: era una anciana de cabello blanco que estaba asomada por la ventana del segundo piso. Tenía puesto un camisón de aquellos que usaban las divas en el Siglo de Oro del cine mexicano cuando las despertaban con mariachis bajo su balcón. "Y seguramente *es* de esa época", pensó Mateo, burlón.

—Buenas… Quería ver el departamento que rentan —dijo. Su mirada se fue hacia el letrero escrito con plumón negro sobre cartulina amarilla chillante.

—Orita bajo— respondió la mujer. Su voz era la de una persona que hubiera fumado una cajetilla diario por 60 años. "De nuevo, esto es como una película", se dijo Mateo. Metió las manos a los bolsillos y comenzó a tararear una cancioncilla para distraerse. Pronto atardecería, la zona no era la mejor y la paranoia comenzaba a arrastrarse a su alrededor, acechándolo. La mujer no bajaba. "Espero que esté usando este tiempo para ponerse algo menos… revelador", se dijo Mateo. E inevitablemente el recuerdo de Marisol vino a combinarse con la imagen de la vieja y con las emociones que tenían conquistado su cuerpo, formando una mezcla de lo más extraña.

Finalmente el portón crujió, las bisagras oxidadas rechinaron y ante Mateo apareció la mujer, que medía poco más de un metro y medio y se había puesto un delantal grasiento para cubrir lo que su camisón dejaba a la vista.

—Buenas, joven —saludó con su voz rasposa. Se asomó a la calle como para verificar que el visitante venía solo y comenzó a darle a Mateo los detalles del inmueble, sin invitarlo a pasar.

—Es todo un *señor* departamento. Y cada piso es independiente. Tiene una sala bastante grandecita, la recámara, el baño, la cocina, el agua, el gas y la luz. Teléfono no, estacionamiento tampoco.

Mateo miró el porche por encima de la mujer y ésta retrocedió como si así pudiera cubrirle la vista al intruso.

—Por lo del teléfono y la cochera no hay problema —dijo Mateo—, el departamento es para un amigo de provincia que viene una temporada a la capital, de trabajo, y ni carro tiene. ¿Puedo verlo?

—Sí, joven, pero hasta mañana. Venga mañana y se pone de acuerdo con mi nieto, que es el que hace las cuentas. Sí le digo que le va a hacer muchas preguntas, ¿eh? Que después de la última vez que lo rentamos… Y eso que ese inquilino se veía también decente, como usté.

—¿Pues qué pasó? —preguntó Mateo inocentemente.

—Que resultó ser un ladrón. No sé qué papeles se robó de la Basílica y un día vinieron unos agentes judiciales y nos voltearon toda la casa al derecho y al revés —declaró, ofendida, y Mateo tuvo que retroceder al percibir el tufo de su aliento.

—¿Cómo sabe que eran judiciales? —preguntó Mateo, y respiró por la boca. La mujer volvió a asomar la cabeza a la calle. "Quién sabe si ella me está pegando la paranoia o viceversa", pensó Mateo.

—Ni modo de pedirles que se identificaran —respondió la anciana—, pero de que parecían, parecían. Me hubiera visto ahí, a mi edad, y rogándoles que no hicieran más destrozo. Nos preguntaron quién sabe cuántas cosas a mí y a mi nieto y al fin se convencieron de que no teníamos nada que ver. Gracias a Dios. Luego se fueron y yo tuve que pagar todos los platos rotos porque el señor aquel ya no volvió.

—¿Y qué sabían de él antes de rentarle el lugar?

—Pues... —la anciana se escarbó el nido de cabello blanco y Mateo no pudo evitar que su rostro se deformara en una mueca de asco—, nos dijo que trabajaba en una compañía de reparaciones y hasta le dio trabajo a mi nieto por ahí... en un lugar pegado a la iglesia de Tlatelolco. A este departamento sólo venía a trabajar, lo hizo oficina y hasta le arregló el piso de la sala así nomás, porque quiso.

—Entonces el piso es nuevo. Y el departamento debe de estar en buenas condiciones —comentó Mateo mientras su mente procesaba la información.

—Está muy bien, sí. A su amigo le va a encantar —dijo la mujer, y después continuó con la conversación anterior—, y por la Basílica de Nuestra Señora Madre, ahí también trabajó mi nieto con el señor.

—¿Ah, sí? —inquirió Mateo.

—Sí, sí, algo tenía el señor con la Virgen, que hasta puso una pintura de ella en la ventana de la sala. Me rompió la ventana, el muy sinvergüenza, eso sí.

—Ah —empatizó Mateo distraídamente. ¿Un cuadro de la Virgen? Tenía que entrar. ¿Cómo podía convencerla?—. Déjeme echar un vistazo, ándele —insistió. La mujer negó con la cabeza y retrocedió hacia el interior. Se aferró al portón.

—Ya es muy tarde, joven, mejor mañana, con mi nieto.

"Increíble", pensó Mateo, "unos matones le destruyen la casa y para ella son policías. Pero una persona decente quiere rentarle su departamento, y a *ése sí* que le tiene miedo".

—Es nada más para darme una idea, anímese. Vengo de bien lejos.

La anciana volvió a asomarse a la calle. Parecía una gallina y nerviosa. Volvió a rascarse la cabeza y al final le indicó a Mateo que la siguiera.

—Nomás se asoma y ya, ¿eh? —advirtió. El portón se cerró tras ellos y atravesaron un pequeño rellano. La puerta de entrada al piso en renta estaba del lado derecho. La mujer la empujó con el pie y un fuerte olor a humedad se escapó y fue a golpear a

Mateo en la cara. Siguió a la anciana al interior; con cada paso el piso se quejaba con un chillido.

—Ahí está, lo que le decía —dijo la mujer mientras señalaba el ventanal donde la imagen de la Virgen de Guadalupe resplandecía a pesar de que el crepúsculo se acercaba—. Debía cobrar más cara la renta por esa pintura, ¿o no?

Mateo sonrió por compromiso y se detuvo unos instantes frente a la imagen. Un escalofrío le recorrió la espalda mientras experimentaba las mismas extrañas sensaciones que le embargaban cuando estaba frente a la original. La mujer siguió caminando, sin darse cuenta de que Mateo ya no la seguía.

—Ésta es la recámara, tiene buen tamaño y le entra luz en las mañanas. El baño…

Su invitado no la escucha ya, pues estaba intentando dilucidar el porqué de ese cuadro ahí, justo ahí. "El ocaso revela secretos", se repitió, y se quedó inmóvil frente al ventanal, frente a la pintura. De pronto, un rayo de luz se filtró por encima de la figura de la Virgen y fue a dar al suelo, justo entre sus zapatos. Mateo levantó un pie y tocó el suelo con la punta, como persiguiendo el rayo de luz. Sonó hueco. "No puede ser", se dijo. Cayó de rodillas, con el corazón acelerado, y golpeó con los nudillos el suelo, donde la luz del ocaso lo señalaba.

—¿Qué pasó? —exclamó la anciana a sus espaldas. Mateo ya se había olvidado por completo de ella y el sobresalto fue tal, que casi gritó—. Me dejó hablando sola —reclamó la mujer.

—Una disculpa, es que me arrodillé un momentito frente a la Virgen —improvisó Mateo. Volvió a mirar el suelo intentando guardar en su memoria cuál loseta era la señalada—. Por cierto, qué bonita pintura. Me gusta. Si no me la deja muy cara, se la compro.

—¿De veras? —preguntó sorprendida la mujer—. Pues cuando hable con mi nieto le decimos, no creo que haya problema.

***

El gerente de Recursos Humanos de Impresiones Sal-San terminó la figurita que había estado haciendo con un clip, y la dejó sobre su escritorio, satisfecho. Su línea sonó y se dio el lujo de bostezar antes de responder.

—Diga.

Al identificar la voz de uno de los dueños de la compañía, lanzó la figura de metal al suelo y asumió una postura formal en su silla, como si a través del teléfono su jefe pudiera observar todos sus actos.

—A sus órdenes, señor Salazar.

—¿Me tiene una respuesta sobre ese asunto?

—Sí, señor. Al parecer David Rivero enloqueció, señor. Algunos de sus compañeros lo vieron lanzar un pisapapeles a su monitor. Pregunté por ahí, nadie lo conoce mucho que digamos, pero siempre había estado tranquilito. Pero si lo reintegramos a la empresa, estaríamos diciendo que ahora cualquiera

puede destruir propiedad de la compañía sin consecuencias...

—David está a cargo de un proyecto vital para
la compañía. Yo no confío en nadie más para susti-
tuirlo, y al cliente le han gustado sus aportaciones,
no quieren a otro. Y usted ya sabe, al cliente lo que
pida. Así que a ver cómo le hace, pero me convence
a ese inadapatado de que regrese y ya después ajus-
tamos cuentas con él.

—Sí, señor, pero... —respondió el gerente por
inercia pero sin la menor idea de cómo persuadiría
a David.

—¡Su sueldo también incluye pensar, usar su imaginación! ¡Carajo!

El gerente quiso responder algo, pero fue incapaz. Si le levantaban la voz, se ponía tan nervioso
que se paralizaba.

—¡Para variar, le tengo que resolver *su problema*! —continuaba el señor Salazar—. Localíceme a
Rivero, déle un aumento, lo que sea, ¿entiende? Y a
los demás empleados métales en la cabeza que David se volvió loco porque le impresionó la muerte
súbita de Raúl.

—Buena idea, señor —dijo el gerente, más para sí
mismo que para su jefe—. Así lo haré.

***

Al día siguiente, mientras el mismo muchacho reti-
raba sus huacales de la calle, Mateo sintió que expe-

rimentaba un *déjà vu*. "Al menos hoy no se me hará de noche aquí", pensó. Golpeó el portón con los nudillos y la anciana se asomó por la ventana, como el día anterior.

—Es el joven —oyó que decía a alguien con su voz de fumadora.

—¿Qué es quién? —dijo una voz masculina.

—¡Es el joven que te dije, m'hijo! —gritó la mujer, y a Mateo se le pusieron los pelos de punta. Al poco tiempo simulaba negociar una renta razonable con el nieto de la mujer.

—¿Y qué me dice del cuadro? ¿Me lo vende?

El hombre se rascó la cabeza. "Al parecer, es un hábito familiar", se dijo Mateo.

—Me dijo mi abuela... pos sí, se lo vendo.

—Muy bien —dijo Mateo intentando conservar la calma. El hombre le tendió un pedazo de papel con un número anotado.

—¿Y esto? —inquirió Mateo.

—Consulté con un señor que sabe de esto y me dijo que esto es lo que vale la pintura.

"Seguro que consultaste", se dijo Mateo, sonriendo para sus adentros, "yo también puedo jugar".

—Huy, no, olvídalo. Yo también tengo mis asesores, expertos en el tema. Esa pintura no vale eso ni de chiste. Mejor ahí muere.

Ante la perspectiva de perder la oportunidad de hacer dinero fácil, el hombre titubeó y se puso nervioso. Propuso una nueva cantidad.

—No, mi amigo. Las pinturas sobre vidrio se

cotizan muy baratas por su fragilidad —inventó Mateo—. Con un golpecito, pelas. Te doy la cuarta parte, pa' que veas que no soy mala onda.

—Ni usté ni yo. Lo dejamos en la mitad, ¿sale?

Mateo fingió considerarlo por unos instantes y después negó con la cabeza.

—No me salen las cuentas. Todavía hay que arreglarlo, ponerle un bastidor, luego la mudanza... No.

El hombre bajó aún más la cifra y Mateo le tendió la mano en señal de aceptación.

—Apenas y me alcanza, pero tá' bueno. La verdad me gustó mucho.

—Está buena la pintura —concedió el hombre.

—Si quiere, llamo a los vidrieros de una vez, desmontan el cuadro y le ponen un nuevo cristal. Y se lo pago de una vez.

—Pero ya me voy a trabajar —dijo el hombre.

—¿A qué hora se va?

—A las dos —dijo. Todavía no eran ni las once de la mañana, pero Mateo tuvo que insistir para que el hombre aceptara hacer la maniobra de una buena vez—. Para que vea qué buena persona soy, yo le pago el cristal nuevo. Va por mi cuenta.

A la una de la tarde Mateo llegó a la casa de nuevo. En el bolsillo traía la ridícula cantidad que le habían pedido a cambio de ese portento, y tras él venía una camioneta. El vidriero que había encontrado se disponía a desmontar el cuadro y colocar el nuevo cristal.

—Aquí tiene —dijo Mateo al tenderle el dinero al nieto de la anciana. Éste lo contó y sonrió, satisfecho.

—Bueno —dijo. Mateo le sonrió de vuelta y señaló la camioneta, mientras un hombre descendía de ella.

—Aquí mi amigo va a desmontar el cuadro y ponerle el vidrio. Dice que no tarda mucho.

—Yo me voy a las dos —reiteró el hombre.

—Si necesitamos algo, puedo llamar a su abue.

—Es la hora de su siesta —objetó el hombre.

—No te preocupes. Acabamos rápido y al terminar yo le cierro. Hoy en la noche llega mi amigo y mañana lo traigo a ver el departamento.

—Pos ya qué —aceptó a regañadientes el hombre. Después abrió la puerta del departamento vacío, echó un vistazo, seguramente para asegurarse de que no había nada que pudiera ser robado, y subió a su piso. Mateo le pidió al vidriero que esperara afuera unos minutos. Él le avisaría cuándo podía entrar. Por su parte, entró en la vivienda y llegó frente al cuadro. Volteó a su alrededor: estaba solo. Se quitó el saco, la corbata y los lentes sin aumento que había decidido utilizar a causa de la paranoia, y sacó de su portafolio un martillo y un cincel. Comenzó a golpear el suelo y pronto obtuvo el sonido que buscaba. La emoción lo hacía sudar, y eso que aún no comenzaba a trabajar.

Tomó sus herramientas y comenzó el trabajo. La punta del primero pronto comenzó a desgastar la unión de las losetas marcadas. El cemento ahí estaba bastante fresco. "Ahora más que Indiana Jones, me siento Sherlock Holmes", pensó, lleno de adrenalina. Cuando la loseta estuvo suficientemente floja, intentó arrancarla del suelo con sus propias manos. Sólo logró que sus uñas se atoraran en los trozos de cemento quebrado, y comenzó a sangrar.

—Vamos, vamos… —murmuró, como rogándole a la loseta que cediera. Volvió a tomar el cincel y golpeó el cemento con él. Finalmente logró retirar el pedazo de suelo que la luz del atardecer había señalado el día anterior, y se encontró con un hueco por el que su mano cabría sin problemas. La introdujo y sintió algo suave: tela. Se trataba de un lienzo enrollado que extrajo rápidamente. Se limpió en el pantalón la sangre que seguía escurriendo de sus uñas, y pronto sus dedos tanteaban de nuevo la tierra sobre la que se levantaba la vivienda. "En qué te metiste, Gabriel." Sintió algo más, algo duro. Parecía un cilindro, y por la temperatura tan fría que había alcanzado ahí abajo, debía ser de metal. Lo sacó del agujero y vio que estaba forrado por una hoja de papel, una nota. Se disponía a leerla cuando oyó golpes en el portón que daba al exterior. "Es el vidriero", pensó Mateo, "ya se está impacientando". Aunque la curiosidad le arañaba las entrañas, guardó el cilindro y el lienzo en su portafolio y lo cerró con cuidado.

—¿No que ya cambiaban el cristal? Porque yo ya me voy… —dijo a sus espaldas el nieto de la anciana. Mateo respiró profundamente antes de volverse hacia él con una extraña sonrisa que no había planeado.

—Sí... es que tuvo que ir por un material y ya regresó. Le digo que se vaya tranquilo, aquí acabamos pronto y yo le cierro. Igual no hay nada que robarse...

Al hombre no le causó mucha gracia el comentario de Mateo. Lo miró con el ceño fruncido y se fue sin decir nada más. Oyó que el vidriero y el nieto de la anciana se saludaban y el portón volvía a cerrarse. Se levantó de un salto y abrazó el portafolio como si fuera un bebé.

—¿Éste es el cuadro? —preguntó el vidriero.

—Éste, sí —tartamudeó Mateo. El vidriero se persignó fugazmente y después se acercó a analizar el marco de la ventana para planear cómo desmontaría la pintura.

—Oritita lo sacamos —declaró con convicción el trabajador. Mateo asintió distraídamente y señaló el baño con la cabeza.

—Voy a... —y con el portafolio en los brazos, se encerró. Sacó el lienzo y lo extendió en el suelo polvoso. Ante sus ojos apareció la figura de una joven cubierta con una túnica rosa y un manto azul. Tenía las palmas unidas y la mirada baja. Una corona de rayos dorados y puntiagudos le adornaba la cabeza. Mateo contuvo el aliento. "Ahora sí que se me apareció la Virgen", pensó mientras soltaba una risita nerviosa. Se levantó del suelo y miró la imagen desde arriba. Después pegó la oreja a la puerta del baño, y al escuchar golpes, entreabrió para echar un vistazo. El vidriero estaba trabajando. Mateo alternó su mirada entre la imagen del ventanal y la de la tela. Esta última, con menos ornamentos, le transmitió una sensación de ternura y protección que no lograba comprender. Las dos figuras tenían medidas muy similares, sino es que idénticas, y las principales diferencias radicaban en los atuendos y en el tono de la piel de los rostros.

Volvió a cerrar y puso el botón de la puerta. En-rolló el lienzo con cuidado y lo guardó en su por-tafolio, polvoso como estaba. Ahora tenía en sus manos el cilindro de metal. Tomó la nota que estaba pegada con cinta adhesiva sobre la superficie y la desprendió con cuidado. "Otro mensaje", pensó, emocionado. Lo agitó y le sopló encima para elimi-nar el polvo.

—Oiga, don —llamó la voz del vidriero desde la sala. Mateo guardó sus tesoros en el portafolio y salió del baño, no sin antes jalar la cadena.

—Qué pasó.

—Ya está desmontado el cuadro. Orita pongo el nuevo cristal.

—Sale —dijo Mateo, mientras sentía que el su-dor le escurría por dentro de la camisa—. Házme un favor. Cuando acabes pónle de tu silicón ahí al piso, ¿no? Está despegada una baldosa y un amigo mío va a vivir aquí, así que... —se interrumpió al darse cuenta de que estaba dando demasiadas ex-plicaciones.

—Yo se lo pego —aceptó el vidriero—, y ahí me da algo más para un refresco.

—Claro que sí.

Mateo hizo ademán de cargar su reciente adquisición y el hombre a su lado intervino apenas a tiempo.

—Aguas, don. Sosténgalo con estos trapos, se va a cortar.

Así lo hizo, y luchando contra la impaciencia de salir corriendo con sus tesoros, caminó con lentitud. Tenía el cuadro en las manos y el portafolio colgado de un hombro. "No es la ciudad más segura para dejar cosas en el coche", pensó, "pero me va a gustar meter estas cosas en la cajuela y poner la alarma". Esperó, recargado en el coche, a que el vidriero terminara. Después pagó y arrancó el auto, tan emocionado que olvidó darle su propina al muchacho de las cajas. Tampoco se percató de que dos hombres de aspecto indígena habían observado todos sus movimientos desde el portal de una casa, en la esquina.

**

David despertó a mediodía y pasó horas haciendo bocetos al carbón. Marisol de pie, Marisol sentada, Marisol a medio desvestir, desnuda sobre la cama… La tarde anterior había sido inolvidable y ni siquiera había pensado en su recién abandonado trabajo ni en cómo haría para pagar las cuentas. "Al menos tengo esto", se dijo mientras miraba sus dedos ennegrecidos. Sabía que debía preocuparse, pero no lo lograba: lo único que le importaba era pintar y que sus pinturas enardecieran a quienes las contemplaran, sin importar la retribución económica. Antes se enfrentaba a la hoja en blanco abrumado, corroído por el trabajo y la rutina. ¿Cómo ser creativo en esas condiciones? Ahora puede navegar en los mares de la inspiración, del éxtasis, con libertad. "¿Quién puede pintar como pasatiempo, para llenar horas vacías? El arte es exigente, celoso." Escuchó el sonido del teléfono y se sintió profundamente irritado, robado de su soledad. "¿Qué quieren conmigo?", pensó. Y, en efecto, se trataba de una de las voces que menos hubiera querido escuchar.

—¿Bueno?

—¿David?

Era el gerente de Recursos Humanos de Impresiones Sal-San. No tenía sentido posponer la llamada, mejor acabar con el asunto de una vez.

—Sí, soy yo.

—¿Qué pasó? ¿Dónde te metiste?

David guardó silencio unos instantes. Era imposible que el gerente no se hubiera enterado de lo que había pasado, ¿por qué fingía? No quería perder más tiempo.

—Puedes cobrarte el monitor de los días que trabajé de la última quincena. Si sobra o falta, dime cuándo paso y hacemos cuentas.

—Tranquilo, David, tranquilo. Ésta es como la décima vez que te llamo y apenas contestas. Sabemos que la muerte de Raúl te afectó mucho y que por eso hiciste lo que hiciste. Puedes reincorporarte a tu trabajo sin ninguna consecuencia, somos comprensivos. ¿Estás ahí?

David se quedó mudo. Le pareció increíble que atribuyeran su violencia y su renuncia al infarto de un hombre con el que nunca había cruzado más de dos palabras.

—Tengo otros planes. No voy a regresar.

—¿De qué hablas? Puedes tener una trayectoria brillante aquí. No eches todo a perder, nadie te guarda rencor, en serio. Tómate un par de días y te vemos por aquí, ¿está bien?

—No me estás entendiendo. Esto no tiene nada que ver con Raúl, con todo respeto.

—Mira, no respondas ahora, te llamo en un par de días y…

—Tengo que colgar. Por favor no me llames.

—Escucha, David, tengo autorizado un aumento.

—No me interesa. Adiós.

David colgó el teléfono y respiró lenta y pesadamente. La llamada lo había sacado por completo de sus pensamientos y de su inspiración. Frotó el auricular contra su pantalón para quitarle los restos de carbón, y el teléfono volvió a sonar. "¿Qué parte de *no* es la que no entienden?", gruñó. Descolgó con violencia y lanzó su cuadernillo de bocetos por los aires.

—¡No me interesa! —exclamó. La persona al otro lado de la línea guardó silencio un momento.

—¿Cómo sabes? —dijo insinuante la voz de Marisol. Era obvio que David esperaba a otra persona en el teléfono—. No te he propuesto nada todavía.

—Sol... perdón, creí que era otra persona.

—Me di cuenta. ¿Quién creías que era?

—De la imprenta... no importa.

—Bueno, si así lo dices, te creo.

—Después te explico. ¿Cómo estás?

—Pues... supongo que bien. Al menos quisiera una mejor explicación.

—Las empresas son así, Sol. Nunca hay que dar todo por ellas, porque el día menos pensado se deshacen de ti.

—Ya sé, pero... No entiendo. Estoy triste.

—Pues sí.

—En fin... No quiero interrumpirte más, pero te quería avisar que mañana no voy a ir contigo a la inauguración de la galería. Tengo una reunión.

—¿Con quién?

—Con un colega al que le encargaron un trabajo.

—¿Cuál colega?

—¿Qué importa, David?

—Es él, ¿verdad? Si es él, no vas a ir sola.

—Estás exagerando, como siempre...

—Sólo dime si es él.

—Sí, es Mateo.

—¿A qué hora y en dónde?

—Nos vemos a las siete en tu departamento. Te quiero. Estás exagerando.

—Te quiero. Y no estoy exagerando.

Los dos colgaron al mismo tiempo. David se sintió invadido por la inseguridad y los celos. Mateo... ¿por qué estaba llamándola? Que la dejara en paz.

—¡Carajo! —gritó David, y pateó su caballete. Esa última llamada había sido más dañina para su inspiración y paz mental que la anterior. Volvió a suspirar y el teléfono sonó, una vez más.

—¿Qué? ¿Se pusieron de acuerdo todos, o qué? —exclamó. Descolgó y no dijo nada. "Tú eres el interesado", le dijo mentalmente a quien estuviera llamando, "habla primero".

—¿David?

Era su hermano. David sintió que la cabeza le iba a estallar. Trató de calmarse para no hablarle agresivamente, hacía mucho que no escuchaba su voz.

—Qué milagro. ¿Cómo estás? —saludó, sin lograr un tono amigable.

—¿Por qué no estás en tu oficina? ¿Estás enfermo? —quiso saber César. David detestaba su tono de suficiencia, la sensación de que su hermano mayor lo estaba vigilando.

—No estoy enfermo. Te saldría muy caro escuchar la historia a larga distancia. ¿Cómo estás? ¿Tu mujer, las niñas?

—Todo bien. Escucha, voy a ir a México. Tengo que resolver un asunto importante. ¿Podemos vernos?

—Claro que sí —respondió David secamente.

—¿Tienes problemas en la oficina?

—Estoy bien.

—No te metas en problemas, David, hoy en día está bien difícil encontrar chamba…

—Te repito que estoy bien —atajó David, molesto—. ¿Cuándo llegas?, ahorita estoy ocupado.

—Te aviso mañana.

—Adiós.

***

Mateo terminó de acomodar las botanas que había comprado con motivo de la reunión y miró a todos lados, complacido.

—Listo. Ah, y gracias por tu invaluable ayuda —le dijo con sarcasmo a Víctor Hugo, que estaba estirado sobre el sofá con todo y zapatos, y no se había levantado desde su llegada, una hora antes.

—Ya sabes que cuentas conmigo —respondió exagerando su falsa cortesía.

—Baja los zapatos de ahí, ¿quieres? Si Mónica… —comenzó Mateo, y se interrumpió de inmediato. Víctor Hugo había levantado las cejas a la espera de su explicación, y al ver que entraba en razón, sonrió y restregó las suelas en el brazo del sillón.

—No exageres.

—Oye, ¿por qué tan arregladito? —dijo Víctor Hugo mientras señalaba el atuendo de su amigo con un cigarrillo—. ¿Y la casa? Pareciera que tienes una sirvienta de tiempo completo.

—Me gusta que esté ordenado, qué tiene de malo —respondió Mateo inocentemente. Corrió al baño para verse una última vez al espejo y consultó su reloj. Marisol ya venía tarde y no era su estilo ser impuntual.

—¿Quién más viene a tu reunión de cofradía? —preguntó el abogado.

—Una amiga… ex colega, más bien.

—Ah… —replicó Víctor Hugo con suficiencia—. Ahora lo entiendo todo. Bien por ti, Mateo.

—Cállate —pidió Mateo al oír golpes en la puerta—. Es ella.

Víctor Hugo asintió, sonrió y encendió su cigarrillo. Mateo corrió a abrir la puerta y no pudo ocultar su expresión de decepción al ver que Marisol no venía sola.

—Te presento a David Rivero. Él es Mateo Castillo —presentó la chica. Los hombres se estrecharon las manos fríamente al tiempo que se analizaban palmo a palmo con la mirada. "Uno de esos bohemios que siempre le gustaron a Sol", pensó Mateo, "cochino, izquierdista y pobretón". "Un arribista", pensó David, por su parte, "ignorante, escuálido y fracasado". El anfitrión invitó a la pareja a pasar. La emoción con la que había esperado la llegada de Marisol, se había eclipsado por completo. Mientras ella dejaba su bolsa en la mesa del comedor y se quitaba el abrigo, se disculpó.

—Perdón por la tardanza, es que… —se interrumpió de pronto y se ruborizó. Intercambió una mirada de complicidad con su pareja, y ambos sonrieron.

—Surgió algo —completó David.

—Claro —respondió Mateo mientras sus entrañas se enredaban— siempre surge. Él es Víctor Hugo, un viejo amigo de la familia.

El aludido saludó con una inclinación de cabeza, sin hacer espacio en el sofá o pretender siquiera moverse por si alguien quería sentarse.

—Ella es Marisol, y su... novio —Mateo casi se atraganta al decir esta palabra—, David Rivera.

—Rivero —corrigió David. Marisol suspiró. La tensión flotaba en el aire tan densa, que casi estaba a la vista de todos. Un incómodo silencio invadió la estancia y Víctor expulsó una bocanada de humo y sonrió, divertidísimo.

—¿Qué les sirvo? —preguntó Mateo finalmente. Marisol había dicho que su novio era pintor, quizá a fin de cuentas no estaría mal que estuviera presente. Decidió no echar a perder la noche. "Pero ella me podría haber avisado", pensó resentido—. Víctor y yo ya nos adelantamos. ¿Whisky?

Los recién llegados miraron hacia donde señalaba Mateo: en la mesa de centro de la sala había una botella a medio consumir y dos vasos.

—Yo sí —aceptó David.

—Yo preferiría... —comenzó Marisol.

—Vino tinto —interrumpió Mateo, ansioso de ganar alguna ventaja sobre David. Trajo un vaso para el whisky, una copa para Marisol y la botella de vino que había comprado especialmente para ella.

—Sírvete —casi le ordenó Mateo a David, y dejó el vaso sobre la mesa. Abrió el vino y le sirvió una copa a Marisol con gran ceremonia. Todos apuraron sus tragos, incómodos, y David eligió una mecedora y fue a sentarse.

—Ésa es la silla favorita del dueño de la casa —dijo Víctor Hugo, burlón—, no querrás tomar su lugar, ¿o sí?

David se levantó de inmediato, aun a pesar de que Mateo, ruborizado y enfurecido con Víctor Hugo, le había indicado que podía quedarse ahí. Al final David tomó una silla del comedor, se sentó y le indicó a su novia que se sentara en su regazo.

—Me salió mejor —dijo David, satisfecho, y acarició el muslo de Marisol, quien se levantó inmediatamente y trajo su propia silla. "Que Mateo empiece a hablar, o se van a agarrar a golpes", pensó inquieta.

—Bueno —dijo Mateo, como si le hubiera leído la mente. Dio un trago a su whisky y se dispuso a comenzar—. Víctor, aquí, es abogado y un intelectual. Marisol es experta en sistemas y trabaja en los laboratorios de los que tan felizmente me despidieron hace…

—Trabajaba —interrumpió Marisol. Después tomó un buen trago de vino.

—¿Qué? —preguntó Mateo, sorprendidísimo.

—Sí. Me corrieron ayer.

—¿Ayer? —repitió Mateo con incredulidad—, ¿qué pasó?

—¿Podemos…? —dijo Marisol con expresión incómoda—, quisiera no hablar de eso ahorita.

David le lanzó a Marisol una mirada empática y ella sonrió. El nudo formado por las entrañas de Mateo se apretó aún más.

—Bueno —dijo con firmeza, creyendo quizá que así rompería la invisible cadena que unía los ojos de los amantes—, el caso es que Marisol habla español, inglés y... náhuatl.

—Muy bien, habla náhuatl —dijo Víctor Hugo—, ¿qué nos importa?

—Ahí voy, Víctor. Y según me entero, David aquí —y lo señaló— es pintor.

—Y todos estamos desempleados —puntualizó Marisol.

—*Están* desempleados —dijo Víctor Hugo, y comenzó a toser y escupir humo—. Yo sigo aprovechándome del sistema. No como ustedes, bola de idealistas muertos de hambre.

Nadie respondió al agresivo comentario. En lugar de eso, apuraron sus copas.

Marisol se levantó para servirse más vino y aprovechó para echar un discreto vistazo al departamento. Se sorprendió mucho al descubrir un vitral de la Virgen de Guadalupe recargado en la pared.

—A ver, a ver: Mateo, tú, un científico, ¿ahora resulta que eres guadalupano? —preguntó en tono sarcástico. El resto de los invitados voltearon hacia donde Marisol estaba. A un lado del vitral había otro cuadro deslavado y enmarcado muy sencillamente con madera de pino. No tenía firma y mostraba a una muchacha de ojos claros y rasgos finos vistiendo una túnica idéntica a la de la Guadalupana. Las dimensiones de ambas figuras eran similares, aunque con algunas diferencias: el cuadro envejecido portaba una corona y menos atuendos. Además, el color de su piel era más claro. Mateo y David ya estaban de pie, Víctor Hugo se había sentado en el sofá pero se resistía a mostrar excesivo interés. Mateo miró a la chica un instante y dejó de respirar. El parecido de Marisol con las hermosas imágenes que estaban a su lado era impresionante, o al menos eso le pareció a Mateo. Agitó la cabeza como para librarse de los pensamientos que le distraían del objetivo de esa reunión.

—No soy guadalupano. Pero justo de esto quería hablar con ustedes.

—¿De dónde las sacaste? —quiso saber Víctor Hugo.

—No son mías. Forman parte de un encargo que acepté ahora que tengo… tiempo libre.

—Mejor habla antes de que esté demasiado borracho para entenderte —dijo Víctor Hugo.

—El dueño es un coleccionista que se irá a vivir al extranjero, y me pidió que averiguara discretamente sobre el posible autor o los posibles autores de estos cuadros, el propósito de pintarlos de esa manera, y el vínculo que existe entre ellas y un libro muy peculiar.

—¿Por qué a ti? Perdón, Mateo, pero de curador no tienes nada —dijo Marisol.

—Es un amigo que me tiene confianza personal y profesional. Supongo que no quiere hacer ruido en el mundo católico o artístico, y a mí pues nadie me relacionaría con el asunto. No quiere que se las confisquen... Aunque yo dudo mucho que las haya robado o algo así, al parecer le llegaron por una herencia.

Mateo iba inventando todo sobre la marcha, y nadie parecía sospechar. Sólo Víctor Hugo pareció dudar que no hubiera algo ilegal relacionado, pero era parte de su personalidad.

—Así que ¿cómo ven? Éste es el asunto —concluyó Mateo, pero todos sus invitados tenían signos de interrogación en las caras—. Habría una remuneración de por medio, claro.

—Asumo que yo intervendría en lo del libro, ¿cierto? —dijo Víctor Hugo.

—Sí —confirmó Mateo, y se levantó para tomar de la mesa del comedor una carpeta que le tendió a Víctor Hugo—. Mira, es una copia del *Nican mopohua*.

—¿Del *guat*? —inquirió David.

—*Nican mopohua* —repitió Mateo sin mirar a David. Encaró a Víctor Hugo y lo retó—: ¿Has oído hablar de este texto?

—Claro que sí —respondió—, pero el tema nunca me atrajo.

—Esto no estará relacionado con la desapa...

—No, no —interrumpió Mateo, nervioso. Ella vio en sus ojos que lo que le había contado hacía unos días era confidencial y se calló. Sin embargo, había algo de misterio que no le acababa de gustar.

—¿De qué se trata? —insistió David, sin importarle el desdén de su anfitrión.

—Es el manuscrito más antiguo que narra las apariciones de la Virgen de Guadalupe, la impresión de su imagen en el ayate de Juan Diego y toda esa historia —dijo Víctor Hugo al tiempo que encendía otro cigarro—. La pintura y los milagros son supuestamente las pruebas que justifican el fenómeno guadalupano, ese mito que inventó la Iglesia por que en ese momento le servía...

—Y yo, ¿en qué ayudaría? —interrumpió Marisol—, lo único que puedo decirles es que *Nican mopohua* significa "aquí se cuenta". Algo así.

—Pues justo en eso —dijo Mateo, con los celos aplacados a causa del alcohol—, con el náhuatl, y con... A ver, les cuento: a finales de los setenta, las autoridades de la Basílica le permitieron a científicos de la NASA examinar el cuadro de la Virgen. En los ojos se aplicó un sistema avanzado de digitalización de imágenes. También en eso puedes ayudar, Sol. La pintura se analizó después con rayos infrarrojos, ahí entro yo. El punto es analizar estos cuadros como examinaron en su momento el cuadro de la Basílica.

—Me gusta, me gusta —dijo Marisol entusiasmada—, así me ocupo un rato, ya ves que dicen que el ocio es el padre de...

—La madre —interrumpió violentamente Víctor Hugo—, el ocio es *la madre* de todos los vicios.

—¿Y por qué el culpable tiene que ser del género femenino? —refutó Marisol—, como siempre.

—No es una cuestión machista —discutió Víctor Hugo—, es orgánica. Sólo una madre puede engendrar, concebir algo. Y el refrán es lo que es.

—Ah, "es lo que es". Si todos pensaran así, seguirían existiendo esclavos y las mujeres no votarían. "Es lo que es…"

—Quizá eso sería mejor —masculló Víctor Hugo, mascando el filtro de su cigarro.

—¿Qué dijo? Perdón, no le escuché —preguntó Marisol con la mirada encendida.

—Nada, querida, nada —respondió Víctor Hugo con sarcasmo. "Bah. Feminista", caviló. "Imbécil misógino", pensó Marisol por su parte. David miró a su novia, divertido. No necesitaba que nadie la defendiera, por eso él guardaba silencio a la espera de que el conflicto cesara.

—Quizá tu amigo ya debería dejar de tomar —le sugirió Marisol a Mateo. Éste sonrió como disculpándose, e hizo ademán de apoderarse de la botella de whisky, pero Víctor Hugo se le adelantó y volvió a llenar su vaso con actitud retadora.

—Yo te ayudo, por los viejos tiempos —dijo Víctor Hugo y se llevó el vaso a los labios—, y porque me da gusto que los cuadros estén en tu casa por eso y no porque te me hayas vuelto religioso.

—Yo también estoy dentro —dijo David, consciente de que nadie le había preguntado—. Creo que puedo ayudar bastante, y no me molestaría ganar algo de dinero. Además, el cuadro de la Guadalupana siempre me ha intrigado.

Mateo suspiró. "Ya estuvo que no nos vamos a librar de él", pensó. El proyecto requería de alguien con un ojo artístico, no cabía duda, pero ¿tenía que ser el novio de Marisol? "Quizá el destino no ha terminado de burlarse de mí", se dijo. Volteó a ver al grupo.

—Así que todos estamos dentro —dijo con una sonrisa. Los tres asintieron—. Como firmé un contrato de discreción y responsabilidad sobre el resguardo de las pinturas, por favor, lo que aquí se diga, aquí se queda. La cantidad pactada puede cambiar de acuerdo a lo que averigüemos, y dividiremos el dinero en partes iguales. ¿Vale?

Marisol asintió y Víctor Hugo levantó su vaso como para brindar por el acuerdo. David ya se había transportado al interior de las pinturas. Se puso de pie sin poner atención a lo que sucedía en torno y señaló decisivamente el lienzo enmarcado que Mateo había rescatado de bajo el suelo en aquella vivienda.

—Esta pintura parece vieja, pero no lo es. Sólo está maltratada. Y la tela… es muy extraño. La tela es demasiado tosca para pintar en ella, además de que se ha utilizado óleo para la cabeza y las manos, y acuarela para el manto…

—Y esto importa porque… —cuestionó Víctor Hugo, haciendo ademanes con las manos. David ignoró el comentario desdeñoso y continuó, ensimismado.

—La corona que la muchacha trae puesta me confunde, debe ser el símbolo de algún linaje o familia real, pero no la reconozco. Igual aseguraría que se trata también de la Guadalupana. Miren el hombro izquierdo, incluso eso...

Mateo había pretendido no poner atención, pero ahora no podía ignorar que los conocimientos de David podían resultar muy útiles. Se tragó el orgullo para levantar las cejas en señal de admiración y decir:

—A ver, suena bien, pero ¿en qué te basas?

—Por un lado —dijo—, hay cosas que no se pueden explicar, sólo se sienten.

—¿"Sólo se sienten"? —repitió burlonamente Víctor Hugo—. No sabía que había otra feminista camuflageada aquí.

—Perdón, Mateo —dijo Marisol furiosa, y se puso de pie. Fue hasta David, le tomó la mano y anunció—: nosotros ya nos vamos.

Víctor Hugo negó con la cabeza, como diciendo "No aguantan nada", y se recostó en el sofá, aparentemente aburrido.

—¡No! Marisol, David, no se vayan, por favor. Víctor está bromeando... Él es así, no se vayan. No es personal. Además —agregó, y le lanzó a su amigo una mirada fulminante—, ya se va a callar la boca. ¿Verdad, Víctor?

Marisol miró al suelo, indecisa. David ya estaba involucrado y no quería irse, pero tampoco quería contradecir a su novia frente a ese tipo.

—Como tú quieras —le dijo en voz baja.

—Una más y nos vamos —amenazó Marisol, y volvió a sentarse.

—¡Gracias! —dijo Mateo, aliviado—, ahora continúa, David. Y tú —se dirigió a Víctor Hugo—, por favor.

—Pues… ¿Qué decía? —recapituló David—. Ah, sí. Esta imagen me produce la misma sensación de ternura y amparo que la típica —dijo, volviendo hasta las pinturas y señalando la tela enmarcada—. Por eso creo que es el mismo personaje. Por otro lado —y señaló la figura sobre el cristal— sin contar la mezcla de más técnicas, los estilos, retoques, sombreados, etcétera…

—Al grano, Da Vinci… —gruñó Víctor Hugo.

—Fíjense bien en el rostro, las manos, la túnica, el manto y el pie derecho —señaló David—, son tan parecidas en las dos imágenes, que hasta me atrevería a decir que fueron pintadas por las mismas manos.

—¿Y te atreves? —retó Víctor Hugo. David suspiró.

—Sí, me atrevo.

Se hizo el silencio. El grupo no despegaba los ojos de las pinturas.

—Es cierto —dijo Mateo, arqueando una ceja.

—La plasticidad, la armonía y la delineación tan fina de la nariz, la boca, los ojos y el cuello, también son similares. Y no hablemos de la mirada inclinada, que parece atender a quien la contempla —se explayó David, entusiasmado.

—¿Por qué pintarían una imagen sobre un vidrio y la otra en un lienzo de lo más burdo y sin tantos elementos? —preguntó Mateo, olvidándose de sus celos y concentrándose en cada palabra que su rival pronunciaba. Éste, sintiéndose importante y escuchado, continuó.

—Siempre ha existido el rumor de que el cuadro original fue alterado con intenciones específicas. Desde el principio surgieron dos corrientes en relación con la polémica Guadalupana: los aparicionistas y los antiaparicionistas. A nivel religioso, ya sabemos qué versión triunfa, pero a nivel racional, los argumentos de los escépticos son…

—Son argumentos. Punto —dijo Víctor Hugo.

—Exacto —coincidió David, sin molestarse en guardar rencores—. En cuanto a estos cuadros, obviamente la imagen del cristal es la que todos conocemos. La otra quizá sea la versión original. En lo personal, estoy seguro de que el cuadro de la Basílica tiene varios elementos sobrepuestos, se nota en la calidad, en el estilo. Lo sorprendente es que el conjunto, al final, no desmerece. Voy a investigar qué más se ha dicho al respecto.

—Deberíamos proponernos no caer en demasiadas interpretaciones personales o en especulaciones religiosas —propuso Marisol.

—Estoy de acuerdo, así jamás llegaríamos a una conclusión —dijo Mateo. Le costaba trabajo esconder su satisfacción: el asunto se perfilaba tal como lo había planeado, si bien la reunión había tenido sus altas y bajas. "Ay, Víctor", pensó, "si pudieras callarte por una vez"—. Apeguémonos a pruebas científicas o históricas que sigan considerándose válidas.

—Se me está ocurriendo una idea —murmuró David como para sí mismo. Pegó su rostro a la Virgen de cristal—. Pero necesitaré revisarla a la luz del día.

—¿Quieres una linterna? —ofreció, solícito, Mateo. Antes de esperar una respuesta, ya había corrido a la cocina. Mónica siempre tenía lámparas de mano preparadas en uno de los cajones, por si se iba la luz. El recuerdo de su esposa nubló el entusiasmo de Mateo por unos instantes y se detuvo con la lámpara en la mano. Cerró los ojos y empujó el cajón con todas sus fuerzas. El golpe hizo que todos voltearan en su dirección.

—Aquí está, David —dijo rápidamente, y volvió a la sala—. ¿Qué ves?

El pintor tomó la linterna, la encendió y dirigió la luz hacia el cristal. Después lo movió con cuidado y, deteniéndolo con una mano, lo rodeó e iluminó el cristal desde el otro lado.

—Tal como lo pensé... —murmuró. Marisol ya estaba a su lado, tratando de deducir a qué se refería, y Víctor Hugo se había levantado del sillón a regañadientes, como si alguien lo hubiera obligado.

—¿Qué? —apremiaron al mismo tiempo Marisol, Mateo y el propio Víctor Hugo.

—Observen las partes que les dije —indicó David—, el rostro, las manos, la túnica, el manto y el pie derecho. Estas partes dejan pasar la luz. Los añadidos no.

—¿Y? —dijo Marisol.

—Esto nos podría llevar a concluir que la del cuadro en tela representa la imagen original… —dijo David en voz baja, aturdido. Caminó hasta la mesa de centro y tomó un trago de whisky—. Guau.

Mateo se apresuró a romper el silencio que se había producido.

—Entonces ya cada quien tiene tarea —dice, y se le escapa un hipo—, David va a investigar lo de la pintura y los agregados, Víctor Hugo del *Nican mopohua*, Marisol sobre la digitalización de imágenes en los ojos de la Virgen, y yo le seguiré la pista a lo de los rayos infrarrojos.

—Sólo les pido que en su investigación se limiten a los hechos y eviten los pavoneos técnicos —dijo Víctor Hugo mientras miraba de reojo a David. Nunca podría admitírselo a los presentes, pero el asunto le había emocionado: la investigación intelectual, el equipo semejante a una cofradía como la de *El péndulo de Foucault*, "más una feminista", rezongó para sus adentros.

—Por cierto —agregó Mateo—, supongo que aquí hay muchos intereses en juego, y no resultaría descabellado pensar que alguna división ultraconservadora de la Iglesia o alguna secta reaccionaria quisieran evitar estos análisis… Si se enteran.

—Nunca van a faltar creyentes que se opongan —dijo David—, aunque si esto se comprobara, al final resultaría positivo para el guadalupanismo. Los elementos de la fe que se debilitarían serían menos que los que se reforzarían.

—¡Ay, por favor! —exclamó Víctor Hugo, ya arrastrando las palabras—, estamos frente a un dispositivo de control. Las sectas a las que se refiere Mateo actuarían para evitar que algún católico dude o se aparte de la fe y les ponga en peligro su negocio. Además, algunos de esos locos se consideran iluminados, mueren por convertirse en apóstoles y cuando les entra la psicosis...

—Sí, Víctor Hugo, ya sé que tú crees que la ciencia necesariamente te convierte en ateo —dijo Mateo—. Para empezar, yo no descartaría ninguna posibilidad. Por cierto, tú tampoco vayas a incluir deducciones tendenciosas ni alardes literarios en tu investigación...

—¿Yo? ¿De qué hablas? —carraspeó Víctor Hugo, haciéndose el inocente—. Le entro a esto sólo para evitar que te conviertas en un santurrón. Con tu formación y terminar de mojigato, ¡qué vergüenza! Mejor sirve otra ronda.

—Nosotros ya nos vamos, ahora sí —anunció Marisol—. Siento que tendríamos que inventar algún saludo secreto o algo así. ¡Somos como una fraternidad! —exclamó, entusiasmada. La única copa de vino que había tomado se le había subido a la cabeza.

—Sí, y ésta es la sede oficial de Los Guadalupanos —dijo Mateo, un poco mareado.

—¿Los Guadalupanos? De ninguna manera. No vamos a andarnos poniéndonos nombrecitos, ni que fuéramos estudiantes —gruñó Víctor Hugo.

—Bueno, lo que sea —tartamudeó Mateo—. Pero ésta es la sede.

—¿Cuánto tiempo llevas viviendo aquí? —preguntó David por hacer conversación.

—Unos años.

—Es un lugar bastante agradable —opinó David—, bien ubicado y todo, pero… No sé, se siente un poco desolado.

—Claro —intervino Víctor Hugo con una sonrisa ebria—, desde que a Mateo lo dejaron la mujer y el hijo.

—Ah —dijo David, sorprendido—, lo siento mucho. Marisol no me había dicho nada.

"Y esto deja mucho más claro por qué le está llamando", pensó, enojado. Una vez que el tema de la investigación se agotó, las viejas tensiones rellenaron los espacios.

—No te preocupes. Fue para bien. Creo —dijo Mateo, y se dejó caer en una silla, agotado. El alcohol se le bajó en segundos. Marisol tomó su copa y el vaso de David y fue a dejarlos al fregadero. Bostezó y se dirigió a la puerta. Mateo se sintió levemente decepcionado: había planeado abrazarla antes de que se fuera y decirle algo al oído. "¿Qué?", se cuestionó a sí mismo. "No seas imbécil, Mateo."

—Nos vemos aquí la semana entrante —dijo.

—A la misma hora, en el mismo lugar —completó Marisol, pero su comentario no causó la gracia que esperaba. La pareja se despidió y Mateo los dejó marchar.

—Te pasas, Víctor —recriminó Mateo—, vamos, te llevo a tu casa. Ya me quiero dormir.

—Estaré ebrio, pero no soy idiota —respondió—, tú tomaste lo mismo que yo. No voy a ningún lado contigo.

—Creéme que ya no estoy borracho. Vámonos.

—Soy demasiado millonario para morir. Bueno, voy a serlo.

—Sí, claro —dijo Mateo, e intentó levantar a su amigo del sillón. Éste se resistió.

—En serio —insistió Víctor Hugo—, me metí a un negocio muy pero muy bueno.

—Señor millonario, lo llevo a su mansión.

—¿No me crees? Te lo juro por ésta —e intentó formar una cruz con sus dedos.

—Así que cuando te emborrachas te vuelves religioso.

—Vas a ver.

—A ver, ándale. Dime, ¿de qué es tu negocio?

—Un laboratorio que es cliente del bufete está desarrollando un medicamento contra el alcoholismo… Que me caería bastante bien ahorita, por cierto. Todo me da vueltas y tú quieres que me suba a un coche.

—¿Quieres dormirte aquí? Haz lo que quieras. Sólo no vomites en el piso.

—Resulta que uno de los conejillos de indias que estaba probando la sustancia, se suicidó. Y los farmacéuticos lo hicieron pasar por accidente para que no afectara el lanzamiento del producto. Después se les mató otro y…

—No entiendo nada.

—Pues que alteraron el estudio y así van a poder distribuir la cosa ésa. No te hagas, tú sabes más.

—¿Y tú qué? ¿Cómo te vas a convertir en millonario?

—A ver, Mateo, ¿quién está más borracho? ¿O te estás haciendo el tonto? Si los laboratorios sacan el producto, los voy a chantajear. Pronto tendré pruebas de que esos dos se suicidaron por culpa de ese medicamento.

—¿Pruebas? ¿En que te estás metiendo? —preguntó Mateo, mientras iba y venía entre la sala y la cocina, llevándose los platos y vasos sucios. Víctor Hugo soltó una carcajada.

—¡Me creíste! No puede ser, Mateo. El divorcio te ha vuelto más ingenuo.

—Mónica y yo estamos separados, no divorciados.

—Como quieras. Estoy bromeando —y después de decir esto, Víctor Hugo cerró los ojos y se quedó dormido inmediatamente. "¿Qué estará planeando este loco?", pensó Mateo mientras se encerraba en su recámara. Comenzó a prepararse para dormir y en su mente danzaban imágenes de Mónica, Marisol y la Virgen de Guadalupe.

***

David no mostraba muchas intenciones de marcharse y lo que más quería Marisol era quedarse sola para tomar el teléfono y marcar. Estaba confundida y no conseguía dormir. También sabía que llamar a Mateo en la madrugada era darle una idea equivocada, pero no tuvo fuerzas para luchar contra ese impulso. No adivinaba por qué, quizá había sido el vino, tal vez la emoción de la investigación, aunada a su despido repentino... No sabía, pero ver a Mateo justamente ahí, en el viejo departamento, había removido viejas emociones en su interior, y aunque era feliz con David, quería oír esa voz, quizá para comprobarse a sí misma que ya no sentía nada, y seguir adelante.

—Un último beso, Sol, para el camino... —suplicó David mientras la atraía hacia él.

—Mañana tengo que levantarme temprano —respondió, y se preguntó qué hora sería.

—¿Estás enojada? —susurró David, pegando sus labios al cuello de ella.

—No, estoy cansada, eso es todo —respondió Marisol. Comenzaba a irritarse.

—Bésame —insistió David.

—Hablamos mañana, amor —y se separó de él. Abrió la puerta de su casa y él trató de asir su mano. Marisol se soltó y cerró la puerta.

—Adiós —oyó que él decía, ofendido. "Ya se le pasará", pensó Marisol. Segundos después estaba marcando.

—¿Estabas dormido? —se disculpó Marisol al escuchar la voz de Mateo al otro lado de la línea.

—No... —respondió Mateo—. ¿Qué haces despierta? ¿Y David?

—En su casa —afirmó ella, y la culpa la invadió de inmediato. ¿Por qué había querido dejarle claro que estaba sola?

—Ah —dijo él, soñoliento—. ¿Todo bien?

—Sí, sí… Quería ver cómo estabas tú.

—Estoy bien. Me da gusto que estés contenta con David. Se ve que es un buen tipo.

—Sí, soy feliz.

—Espero no haber hecho o dicho ninguna estupidez, Sol… Marisol —se corrigió Mateo al recordar que el nuevo novio de la chica la llamaba "Sol"—.

—Te creo. Debes sentirte desolado ahora que se fue Mónica… Ni pienses en eso. Mira, me preocupó verte tan solo, y ver que ni siquiera estás buscando trabajo…

—Por favor, Marisol, no me consideres un irresponsable. Todavía tengo más preguntas que respuestas… Estoy en una etapa de transición, eso es todo. Necesito volver a pensar hacia dónde quiero dirigir mi vida.

—Y todo este asunto de la Virgen… está relacionado con lo de tu amigo Gabriel, ¿o no?

—¿Cómo supiste?

—Por favor, Mateo. Te conozco.

—Tienes razón. Pero es que no sé qué tan peligroso pueda resultar este asunto. No quiero involucrarte ni a ti ni a los demás.

—Tu amigo… no ha aparecido, ¿no?

—No.

—No sé por qué intuyo que ya no aparecerá. ¿Y ya fuiste a la dirección que decía el mensaje? Perdón que no te lo había preguntado, ese día acabamos hablando de lo de Mónica, y…

—De hecho sí, fui a la dirección.

—¿Y?

—Ah —suspiró Mateo. Es una larga historia.

—Son las dos de la mañana, los dos estamos desempleados y despiertos. Creo que tenemos tiempo.

—No sé, Marisol…

—¿No confías en mí? —acusó ella, y su voz sonó más ofendida de lo que había planeado. Después de todo, ¿con qué derecho le exigía que le contara cualquier cosa?

—No es eso. Sí confío en ti…

—¿Es por David?

—Bueno…

—Si es por él, te aseguro que puede guardar cualquier secreto. Y yo te ayudo en lo que sea, no tengo miedo.

—¿Estás segura? No tengo ni idea de en qué nos estaríamos metiendo. Sería bajo tu propio riesgo.

—Sí, sí, cuéntame —dijo ella, impaciente.

—Fui a la dirección. En la tarde, obviamente. Tuve que fingir que iba a rentarle un departamento a una anciana y su nieto. Encontré cosas… He andado con una paranoia que ni te imaginas, pensando que me siguen, que me observan.

—A ver, a ver. ¿Qué encontraste?

—Para empezar, las dos pinturas que vieron.

—Ajá… ¿Y qué más?

—Una nota y otra cosa. Tendrías que verla —dijo Mateo. Contarle a Marisol le hizo sentirse menos solo, y además disfrutaba de su interés y de hacerse el misterioso.

—Puedo ir para allá ahora mismo.

—Olvídalo, Marisol. Es tardísimo.

—Mañana, entonces. ¿A qué hora?

—¿Qué onda, eh? Antes no eras tan chismosa.

—Curiosa, querido, curiosa.

—Si tú lo dices.

—Oye, si voy a pelearme con la Iglesia, quiero saber bien a bien en qué me estoy metiendo. Por ejemplo, eso del "Azacán" que decía en la nota…

—¿Nunca habías oído del Azacán?

—Para nada.

—Está "de moda"… Últimamente se han publicado varios libros al respecto. Es un grupo de ultraderecha, tienen fama de no andarse con medias tintas. El Azacán está bastante bien conectado tanto en el ámbito político como en el eclesiástico.

—Suena familiar. Ah, antes de que se me olvide. Dices que además de los cuadros encontraste una nota.

—Sí.

—¿Y?

—¿Qué? —se hizo el inocente Mateo. Estaba disfrutando de todo ese coqueteo intelectual.

—No te hagas el misterioso. Qué decía la nota. Y qué es la otra cosa que encontraste.

—Dijimos que mañana.

—¿A qué hora? ¿En dónde?

—Donde sea menos en esa cafetería asquerosa que está por los laboratorios.

—Ja, ja. No tengo intención de pasearme por ese rumbo.

—Yo tampoco la tenía cuando me citaste ahí para decirme dulcemente que me veía fatal.

—*Te veías* fatal.

—¿Y ya no?

—Vas mejorando —dijo ella. "Es tarde, toda esta cuestión de la Virgen, y el vino… Eso es todo", le respondió ella a los latidos acelerados de su propio corazón.

—¿Ah, sí?

—Si no vas a contarme nada más, me voy a dormir. ¿Dónde nos vemos mañana?

—Aquí, en la sede de Los Guadalupanos.

—Ja, ja. Yo también voto en contra de ese nombre para nuestra fraternidad.

—¿Qué propones?

—Ay, yo qué sé, Mateo, son las cuatro de la mañana.

—Tú eres la que me marcó, no yo.

—Entonces te voy a colgar.

—Atrévete —retó Mateo, haciendo alusión a un antiguo juego lingüístico que solían compartir.

—Atrévome —respondió ella, y la nostalgia le robó el aire del pecho.

—Atrévase —continuó Mateo, animado.

—Buenas noches, Mateo —dijo ella, súbitamente fría. Él sintió una punzada de dolor en el estómago. Habían ido demasiado lejos y ella había vuelto a la realidad antes que él, dejándolo solo en sus memorias.

—¿Entonces nos vemos mañana? —quiso saber Mateo.

—Te llamo a mediodía, y vemos —dijo Marisol.

—Está bien. Buenas noches —dijo Mateo, y colgó. No quiso esperar a escuchar de nuevo la voz que Marisol se había forzado en cambiar de tono para ponerle una distancia y recordarle que ahora quería a otro. Resignado a enfrentarse a una madrugada de melancolía e insomnio, se tendió boca arriba en la cama y suspiró.

Marisol dejó el auricular y cerró los ojos, recriminándose su debilidad y sintiéndose traidora. "Todo fue tu culpa, por llamarle aquella vez y citarlo en la cafetería ésa", se dijo. Debía ser más cuidadosa, sobre todo si participaría junto con David en la investigación que Mateo proponía. No eran necesarias más tensiones, sólo entorpecerían el avance. "Además", pensó, "ya caminé ese camino y sé cómo se ve. Sólo fue la nostalgia. Amo a David, él es bueno para mí", concluyó. Se sentía demasiado agotada como para desvestirse, desmaquillarse, lavarse los dientes. Se acurrucó bajo las cobijas y se quedó dormida.

***

Víctor Hugo no tenía ni idea de qué hora era cuando se despertó, mareado y con un malestar físico generalizado. Le tomó unos segundos entender dónde estaba y que había pasado la noche en el sofá de Mateo. "Al menos no le vomité el piso", se congratuló. La boca le sabía a alcohol mal destilado, a humo de cigarro y a las botanas rancias que Mateo había puesto en la mesa de centro. Las que habían sobrado, seguían ahí frente a él. Sintió una arcada y se incorporó. Miró a todos lados. La puerta de Mateo estaba cerrada, al parecer no se había levantado aún. "Mejor", pensó Víctor Hugo, así podría desaparecer sin tener que dar explicaciones, sin tratar de sostener una conversación cuando su cabeza giraba y era incapaz de pensar con claridad. Caminó lentamente hasta la puerta principal, no sin antes volver a echar un vistazo a los dos cuadros y recordar la extraña semejanza que la noviecita de Mateo tenía con la Virgen. "Nada mal, la muchachita", pensó.

Salió y cerró la puerta intentando no hacer ruido y fracasando. Presionó el botón del elevador y mientras esperaba, sacó su celular de la bolsa del abrigo arrugado. Ya tenía un par de llamadas perdidas de la oficina. "Pues qué hora es", se preguntó. Eran las diez y media. No le daría tiempo de volver a su casa y asearse, si hacía eso llegaría tardísimo a la oficina. Tragó un poco de su espesa saliva y subió al elevador. "Whisky barato", pensó. Estuvo caminando un rato antes de que un taxi pasara por ahí. No le gustaba gastar en taxis, pero no se sentía con el ánimo de usar el metro, luchar contra la gente, sufrir empujones y codazos. Finalmente se detuvo uno y Víctor Hugo lo abordó, aliviado.

—¿A dónde? —preguntó el conductor. Víctor Hugo alcanzó a ver en el espejo retrovisor el gesto de asco que el hombre había hecho al cerrarse la puerta.

—¿Qué, huelo muy mal? —preguntó irritado.

—No, jefe, no —se apresuró a responder el conductor. Era mejor un pasaje pestilente que ninguno. Víctor Hugo se recargó y abrió un poco la ventanilla. La respuesta del conductor le había decepcionado, habría preferido algo más agresivo para así pelear con él y divertirse.

El tráfico matutino ya había disminuido y el abogado pronto estuvo frente a la entrada del despacho en el que laboraba. Pagó a regañadientes y descendió, tambaleándose. Su teléfono estaba sonando de nuevo. "Hoy no estoy de humor", pensó. Entró a la oficina y sin saludar a nadie, se enfiló directamente hacia el baño. Se enjuagó la boca y la cara e intentó hacer algo con su cabello desordenado. Después se vio al espejo y de golpe recordó su imprudencia de la noche anterior. "¿Le conté a Mateo lo de los parches para alcohólicos o lo aluciné?", se preguntó. Pero sabía la respuesta. Se lo había contado, con la lengua relajada a causa del whisky. "Ah, qué Mateo tan entrometido", refunfuñó, aunque no recordaba quién había comenzado la plática. Sólo esperaba que su amigo se hubiera ido con la finta de que se trataba de las ocurrencias de un borracho.

Todo el personal se encontraba en una reunión en la sala de juntas, por lo que Víctor Hugo llegó a su oficina sin que nadie lo detuviera. Encendió un cigarro y se sentó. Comenzaba a sentirse mejor, pero en su mente trataba de ordenar la conversación que había tenido con Mateo. ¿Qué le había dicho? "Él nunca te traicionaría... además de que está metido en sus propios rollos." Pero Víctor Hugo no confiaba en nadie, la vida le había enseñado que ésa era la mejor protección. Y detestaba la corrupción, las mentiras y la manipulación, pero había visto una oportunidad de ésas que surgen una vez en la vida, y había decidido tomarla. Mientras el humo recorría sus pulmones, recordó su última conversación con el encargado de asuntos regulatorios del laboratorio farmacéutico que había contratado a su bufete.

—¿Todo bien? —le había preguntado con forzada cortesía al encargado, un cuarentón de cara regordeta. Con una seña, el hombre le había pedido que cerrara la puerta. Víctor Hugo había obedecido y regresado a su asiento, con la curiosidad agitada.

—¿Se acuerda del producto que le platiqué? —dijo en tono confidencial, y también preocupado.

—¿Los parches contra el alcoholismo?

—Ésos meros. Pues bien, si el laboratorio los lanzara al mercado, pasaríamos a jugar a las grandes ligas. Existen millones de alcohólicos. Los beneficios le llegarían a todos en la empresa. En lo personal, yo podría conseguir un buen bono y un mejor puesto. ¿Cómo me vería de gerente? —había dicho el hombre abombando el pecho.

—Si todo va tan bien, ¿cuál es el problema? —preguntaba Víctor Hugo. Lo que había querido decir con esa pregunta era: "¿Por qué me hace perder mi tiempo?"

—¿Puedo tutearte? Cuando viniste la última vez, estábamos por completar los requisitos legales. Todo marchaba sobre ruedas, pero uno de los alcohólicos que estaba probando el fármaco se suicidó. Se aventó una mañana a las vías del metro.

—¿Una mañana? ¿El lunes pasado en la estación de San Cosme? —había preguntado Víctor Hugo, ocultando su turbación.

—¿Cómo lo supiste? —había carraspeado el jefe de asuntos regulatorios al tiempo que palidecía.

—Lo vi.

—¿Qué?

—Sí. En vivo. Sucede que a esa hora, en esa terminal, todos los días tomo el metro.

—Suena demasiado extraño para que sea una coincidencia. De cualquier modo, la ingratitud de ese desgraciado podría provocar el fracaso de nuestro proyecto, del trabajo de tanta gente...

Víctor Hugo había sonreído para sus adentros. Incluso él, que era un narcisista, reconocía lo absurdo que sonaba llamar "ingrato" a un tipo que por cualquier razón, se había quitado la vida. Su interlocutor había continuado.

—Si algún dictaminador relaciona el suicidio con los efectos secundarios de la droga, nos podrían pedir una mordida enorme… O tendríamos que seguir desarrollando el producto quién sabe por cuánto tiempo, todo se retrasaría y hasta podría llegar a suspenderse el lanzamiento. Imagínate todo ese trabajo a la basura. Por eso les llamamos. Necesitamos implementar una estrategia de emergencia.

—¿A qué se refiere? —había cuestionado Víctor Hugo, volviendo más impersonal su trato al presentir que había algo sucio. No obstante que nadie podía oírlos, el hombre había volteado para todos lados y bajado la voz:

—A todos los ebrios les pasa por la cabeza suicidarse.

—No entiendo.

—Me extraña su falta de malicia, licenciado —dijo el jefe volviendo a hablarle de usted, y se echó para atrás en su silla—. Ese suicidio será sólo uno más de los que ocurren a diario en la ciudad. Tenemos ventaja: ya ni siquiera las autoridades los investigan.

—¿Lo que está diciéndome es que estos parches realmente inducen al suicidio?

—Ahí es donde entran ustedes. El argumento es sencillo: un borracho menos por noventa que se salvan justifica el balance, ¿no cree? Menos violencia intrafamiliar, menos accidentes, menos despidos… En el estudio, de cien personas que probaron el medicamento, noventa disminuyeron su consumo de alcohol.

—¿Y los otros nueve…?

—… Presentaron alteraciones que también pueden encubrirse.

—"Encubrirse" —había repetido Víctor Hugo.

—Usted es abogado. Ya nada debe sorprenderlo. Éste —y señaló su oficina—, es como cualquier negocio: está diseñado para obtener utilidades. La salud y la calidad de vida de los consumidores son factores secundarios.

—¿Y si alguien más se suicida? —había querido saber Víctor Hugo.

—Tenga fe, licenciado —había dicho, burlón—. Ahora le preparo el expediente para que lo revise.

Y como olas gigantescas, las ideas habían comenzado a ir y venir en su mente, rechazándose unas a otras, uniéndose a medio camino, desintegrándose en la orilla… Se había dado cuenta de que ese asunto podría representar la materialización de sus sueños. Al fin se había presentado una oportunidad que había acariciado durante mucho tiempo. Apagó el cigarrillo en la suela de su zapato y tiró la colilla al bote de la basura. Sólo unos cuantos pasos, y obtendría el dinero que le permitiría retirarse, volverse un ermitaño y no tener que ver nunca más a nadie.

***

Marisol cumplió su promesa y llamó a Mateo al mediodía. No mencionó nada acerca de la conversación que habían tenido la noche anterior, sólo preguntó si podía ir a casa de Mateo y si él le contaría qué más había encontrado en la dirección de la nota. Cuando la chica entró al departamento, olía a café fresco.

—Sí quieres un café, ¿no? —ofreció él.

—Para la desvelada, sí —respondió ella.

—Y para la cruda —propuso él.

—¿Cruda alcohólica o moral? —dijo Marisol sin verlo a los ojos.

—Pues las dos —resolvió Mateo, y no ahondó en el tema para que no llegara, de nuevo, la incomodidad. Sirvió el café y se sentaron a la mesa del comedor—. ¿Quieres algo de comer?

—No, y no retrases el momento. Enséñame.

Mateo asintió y se dirigió a su recámara. Cuando salió, tenía puestos unos guantes desechables y traía en las manos un cilindro metálico. Marisol quiso ponerse de pie, pero chocó contra la mesa y soltó un pequeño alarido.

—¡Aguas! —exclamó él—, no me distraigas, que traigo algo valioso.

Marisol se frotó la rodilla haciendo un gesto de dolor y volvió a acomodarse en su silla. Dio un trago a su café como si eso pudiera aliviar su malestar.

—No sé a qué llegue Víctor Hugo en su investigación, pero según la mía, el original del *Nican mopohua* está desaparecido. Existen sólo algunas copias escritas a mano. Los textos que circulan en librerías, bibliotecas y en internet, corresponden a duplicados y traducciones del náhuatl al español.

A excepción de algunos detalles o interpretaciones de cada traductor, son bastante parecidos. Ayer le di una a Víctor Hugo, y guardo otra aquí —Mateo señaló un libro bajo la mesa de centro de la sala. Sin soltar el cilindro, fue a la cocina, tomó un mantel de tela de uno de los cajones, y lo extendió sobre la mesa con la ayuda de Marisol, que no perdía de vista las manos enfundadas de Mateo. Puso el cilindro sobre la tela con todo cuidado, y suspiró. Tomó un trago de su café y después se le ocurrió que no debían tener bebidas junto a su tesoro. Marisol comprendió su mirada y se llevó las tazas a la cocina. Regresó de inmediato y volvió a sentarse.

—Bueno, ¿y? —dijo con voz chillante.

—Relájate, Sol, no tiene patas para salir corriendo —dijo Mateo con una sonrisa. Estaba disfrutando mucho la expectativa de Marisol. Abrió el broche del cilindro y contuvo el aliento mientras extraía del estuche un manuscrito de hojas apergaminadas con algunas manchas azules y verdosas. A pesar del castigo del tiempo, sobre la carátula amarillenta resaltaba la cara de una joven que porta una corona de picos. En la parte superior decía *Nican mopohua*, y había otros vocablos en náhuatl.

—Te presento al *Nican mopohua* original —exclamó Mateo.

—¿Cómo lo sabes? —preguntó Marisol con la vista fija en el documento.

—Observa el estado del papel, el tipo de letra y el título. Como dijo David, hay cosas que se sienten.

Qué casualidad, la corona y el rostro de la muchacha son idénticos a los del cuadro —Mateo señaló la pintura enmarcada—; y un punto muy importante: al final, y aunque no sé náhuatl, el documento incluye varios párrafos que no he encontrado en ninguna de sus reproducciones.

—Ah —suspiró Marisol—, así que éste es el gran enigma.

—Interesante, ¿no? Así que tu conocimiento del náhuatl va a ser más que útil y servirá para confirmar mis sospechas —dijo Mateo, al tiempo que se ponía de pie para traerle a Marisol un par de guantes desechables—. El *Nican mopohua* original... —repitió gravemente y con emoción.

—De cualquier manera, hace falta autentificarlo oficialmente o avisar a la institución pública que corresponda, ¿no? —dijo Marisol—. Antes de que alguien te demande o te acuse de robo...

—¿Quién interpondría la demanda? Además, no estoy seguro de que exista alguna institución digna de confianza como para comunicarle este hallazgo. En todo caso, podemos hacer ese trámite después. De entrada nos decomisarían el manuscrito y jamás lo recuperaríamos.

Marisol se puso los guantes y comenzó a pasar las hojas con delicadeza.

—Por favor, traduce en voz alta —pidió Mateo. Se levantó por la traducción que guardaba bajo la mesa de la sala—. Y yo cotejaré tu traducción con lo que está escrito aquí.

Después de un par de horas de trabajo arduo Marisol y Mateo terminaron con los fragmentos que se encontraban en ambos manuscritos.

—Hasta aquí llega la traducción —dijo Mateo.

—Yo tengo más —confirmó Marisol.

—No soy un experto ni mucho menos —dijo Mateo— pero te apuesto a que éste es el *Nican mopohua* que escribió Antonio Valeriano con su mano hace cuatro siglos y medio.

—¿Y no es peligroso que lo escondas aquí? ¿Y la anciana? ¿Y su nieto? ¿Y el Azacán? —preguntó angustiada Marisol, y se levantó a ponerle el seguro a la puerta principal.

Mateo titubeó y al fin dijo:

—Pensé en guardarlo en una caja de seguridad, pero ¿quién roba libros? Y si alguien sabe que lo tengo, estoy seguro de que encontrarían el modo de hacerme confesar dónde lo guardo. En cuanto a la anciana y el nieto, al no regresar deben de haber creído que no me interesó el departamento, y ya.

—¿Dónde encontraste las cosas?

—Bajo el suelo.

—¿Cómo bajo el suelo?

—Había una indicación en la nota con su ubicación, yo quité un par de baldosas y las encontré.

—¿Y si la vieja y su nieto descubrieron las losetas sueltas y avisaron a la policía y te están buscando?

—Las volví a pegar. Y sería muy difícil que me encontraran, no tienen ningún dato mío, y hasta me peiné diferente. Ahora tú me estás matando, ¡traduce lo que nos falta!

—Ahora sí tienes prisa, ¿verdad? —dijo Marisol, coqueta—. ¿Quieres una traducción literal o libre?

—¡Traduce!

—Relájate, Mateo. Dice así:

Hijo mío, el más pequeño,
Juanito, bien dile al obispo,
que también es mi aliento,
mi palabra, así lo deseo,
haga patente a los sacerdotes,
a los gobernantes, a los hombres y
los hombres a sus hijos y los hijos a los
    suyos,
que habrá cinco tiempos de conocimiento,
    de reflexión, de prueba,
para que no cese
la luminosidad del alba ni del alma.

El más pequeño de mis hijos,
Juan Dieguito, si no ponen empeño,
si no cumplen las enseñanzas, la voluntad,
del Dios verdadero,
habrá pocos con mucho,
y muchos con poco que interrumpirán el
    canto de paz.

Tampoco enojen a los ríos, a la tierra, al aire,
    al cielo,

porque sin distinción recibirán desastres
en vez de regocijo y sustento.

Hijo mío, el más pequeño,
Juanito, comprendan mis señales,
en el quinto tiempo, así está escrito,
si han interrumpido el reposo de flechas y
    escudos
y afectado flores, pájaros, peces y ciervos,
la tierra temblará y habrá plagas y los cerros
    que humean aventarán ceniza y fuego,
y ni a señores ni a humildes podré entregar-
    les mi ayuda, mi consuelo.

El más pequeño de mis hijos,
Juan Dieguito, les ruego que este quinto
    ciclo no se cumpla,
por piedad, escuchen bien.
Habrá avisos naturales y hombres con marcas.
El límite lo indicarán tres números iguales,
    atiéndanlos,
no desestimen mi encomienda, no dejen que
    se apague el resplandor
de espíritus y auroras, no quiero aparecer por
    sexta vez
en medio de llantos y dolores
para renovar sus esperanzas y aliviar sus
    males,
por Dios, nuestro creador, recapaciten y sálvense.

Para poder llevar a cabo su plan, Víctor Hugo decidió averiguar todo lo posible acerca del primer suicidio, el del metro. A través del jefe de asuntos regulatorios del laboratorio obtuvo la dirección de la viuda y se presentó esa mañana en su casa. "Soy Lorenzo Ramones", practicó en su cabeza, "del Ministerio Público". Así se presentó cuando la mujer le abrió la puerta. Víctor Hugo le mostró una vieja credencial que ella apenas miró y ambos pasaron a una pequeña estancia oscura. La viuda parecía serena y cansada.

—¿Le ayudo con su abrigo? ¿Le ofrezco algo? —preguntó atentamente.

—No, muchas gracias —respondió Víctor Hugo. Intentó sonreír al tiempo que encendía la grabadora que llevaba en la bolsa de la gabardina. La mujer lo invitó a sentarse.

—¿Necesitan alguna otra información? —preguntó.

—Siento mucho importunarla con esta visita. Será breve, se lo prometo, el último trámite para cerrar el caso —dijo el abogado—. ¿Tiene algún comentario final sobre el lamentable episodio en el que se vio involucrado su esposo?

La mujer recargó la cabeza en el respaldo del sofá y suspiró. Su mirada se perdió y Víctor Hugo la siguió para ver en qué se había posado: un retrato del esposo. Se esforzó por recordar el episodio en el metro para ver si reconocía el rostro, pero no. Los ojos de la viuda se humedecieron.

—Esta casa es muy fría —dijo finalmente—. Puse un retrato de mi marido en cada cuarto para que los caliente. Cuando mis hijos no están, platico con él. Dirá que estoy loca, pero hasta me parece que revive con las cosas que le cuento.

Víctor Hugo guardó silencio. Le irritó sentirse un poco culpable y se lo justificó mentalmente diciéndose que a fin de cuentas estaba intentando arruinar a la compañía que había provocado la muerte del hombre.

—Pocos sabían que mi esposo tomaba, lo hacía siempre en casa. Él quería regenerarse pero no quería ir a centros de rehabilitación porque le daba pena. Se enteró del estudio por un amigo que trabaja en los laboratorios. Y lo que son las cosas, solamente le faltaba una semana para terminar el tratamiento. Ahora dicen que el accidente ocurrió a causa de un resbalón, o de empujones de otros pasajeros, y así descartaron que él se hubiera aventado. No le voy a decir que no me consuela, pero al final ¿qué importa? Nada me lo devolverá.

—Es difícil establecer lo que pasó realmente —replicó Víctor Hugo.

—Pienso en mis hijos. Ahora podremos cobrar el seguro de la empresa donde trabajaba mi esposo, y que nos negaron al principio por tratarse de un… suicidio. No crea que es una cantidad muy grande, pero para algo alcanzará. Un familiar me aconsejó demandar a los laboratorios, pero un licenciado de los de oficio me aclaró que con el nuevo veredicto ya no procedía la reclamación.

Víctor Hugo aprovechó para preguntar:

—¿Usted notó algún cambio en su esposo cuando empezó a usar los parches?

—A pesar de la bebida, su carácter era muy estable —declaró la viuda mientras veía el retrato y agregó—: pero con los parches se le subía y bajaba el genio como si fuera otro, un desconocido. De repente se ponía muy alegre, después muy agresivo y luego caía en la mentada depresión que nos hacía vivir con el Jesús en la boca. Eso se lo dije a la gente del laboratorio pero fue igual que hablarle a una pared.

Víctor Hugo tuvo que luchar para no sonreír. Todo estaba ocurriendo tal como lo había esperado, y ahora se sentía dispuesto a llegar hasta las últimas consecuencias. La mujer siguió hablando por unos minutos y él ya no escuchaba, sólo pensaba en que cada palabra estaba siendo grabada, en que cada sílaba lo acercaba más a su sueño.

Si un hombre ama las labores de su oficio, aparte de cualquier cuestión de éxito o fracaso, los dioses lo han llamado.

ROBERT LOUIS STEVENSON

—¿"Por Dios, nuestro creador, recapaciten y sálvense"? —repitió Mateo.

—¿Recapacitar en qué? ¿Salvarnos de qué? —exclamó Marisol.

—Esta parte desentona con las anteriores. Aunque se habla sobre la sexta aparición que volvería a traernos esperanza, nos alerta sobre una fase previa, un quinto ciclo desastroso que está en nuestras manos evitar…

—¿Qué quieres decir, Mateo?

—Sin contar los problemas sociales, los especialistas no se cansan de señalar que están dadas todas las condiciones ecológicas, de hacinamiento y de infraestructura desatendida para que una catástrofe nos arrase…

—Es cierto, pero ¿qué me dices de los "hombres con marcas" y de los tres números iguales?

—Y de los avisos naturales, el fuego, las cenizas y los cerros que humean —añadió Mateo con el rostro descolorido.

—Eso significa *Popocatépetl*... ¿Seremos nosotros, somos los protagonistas? —preguntó Marisol, y la sangre también abandonó su cara.

—Creo que ahora estamos en el meollo del asunto. Pero vamos paso a paso. ¿Quieres un trago?

—Ya te estabas tardando —replicó Marisol con la respiración agitada. Mateo se levantó y se dirigió a la cocina. Tiró los guantes al bote de basura y sirvió un whisky para él y vino tinto para ella. Antes de quitarse los guantes para asir su copa, Marisol tomó el pergamino para guardarlo en el cilindro de metal, pero se encontró con un papel dentro del estuche.

—¿Qué es esto, Mateo?

—Que es ¿qué?

—Esta nota.

Mateo sacó el papel antes de que ella se apoderara de él.

—Tómate tu vino y te lo enseño.

La chica decidió no perder tiempo discutiendo. Guardó el pergamino, cerró el estuche y se tomó el vino. Mateo apuró su trago también.

—Antes que nada, tengo que hacerte una pregunta. Espero que no me malinterpretes, no tiene que ver con nada más que con este manuscrito.

—Pregúntame en vez de darle tanto rodeo.

—Bueno… ¿Confiarías con los ojos cerrados en David?

—¿Por qué? —quiso saber ella, aunque lo intuía.

—Estás de acuerdo en que el original del *Nican mopohua* es la clave para descifrar esto, ¿no?

—Por supuesto.

—Pues… Mira, ya directamente. Este libro puede valer muchísimo dinero y no sería difícil para nadie conseguir un comprador, ¿me entiendes? Un coleccionista, un contrabandista, incluso.

—Puedo decirte —interrumpió Marisol—, que a David no le interesa mucho el dinero.

—¿Por qué?, ¿porque es artista? —preguntó Mateo con un dejo de sarcasmo.

—No soy tan ingenua, Mateo —respondió Marisol, ofendida—. Si David te traicionara, estaría traicionándome a mí. Nunca lo haría.

—Todos tenemos nuestro precio… —sugirió Mateo, envenenado por los celos.

—¿Qué estás diciendo? ¿Tampoco confías en mí? —dijo Marisol, ahora enfurecida. Se levantó, tomó su bolsa y se dirigió a la puerta—. Pobre de ti, Mateo.

El aludido se levantó a toda prisa, recibiendo el mismo golpe que Marisol se había provocado horas atrás contra la mesa.

—Perdóname, Marisol, no te vayas. Entiéndeme, tengo que preguntar. Esto es demasiado importante. Para que me entiendas, ni siquiera quiero que Víctor Hugo se entere de nada de esto. Y lo conozco desde hace más de veinte años. Confío ciegamente en ti.

Marisol cerró los ojos e inhaló con fuerza. Además de los peligros del mundo real, ¿a qué otros peligros de carácter emocional se estaría enfrentando si se involucraba en el asunto? Miró a Mateo a los ojos y dijo:

—Si quieres que yo esté en esto, también él lo está. David me ama. Mucho. No me traicionaría. Eso es todo lo que puedo decir.

"A menos que los dos se unieran contra mí", pensó Mateo con amargura y sin mucha convicción.

—Está bien, Marisol. No te enojes.

—¿Lo tomas o lo dejas? —preguntó.

—Lo tomo, lo tomo. David me cae bien. No habrá tensión, ni problemas, te lo prometo. Me voy a comportar.

Marisol dejó su bolsa en la mesa e intentó calmarse. Llevó su copa a la cocina y volvió a llenarla de vino. Se la bebió de un trago.

—Ahora enséñame esa nota —exigió, aún seria. Mateo se la tendió.

Lo que fue hermoso
aun en ruinas sigue siéndolo.
Capilla votiva cristo ensangrentado.
El ocaso continuará revelando secretos.

—¿Y qué estamos haciendo aquí? —preguntó Marisol, exaltada—, todavía podemos llegar a tiempo, antes del atardecer.

—¿A la Basílica? ¿Ahora? —dijo Mateo con un dejo de pereza.

—¿Tienes algo mejor que hacer?

La fe es la continuación de la razón.
WILLIAM ADAMS

—De niña, mi madre me traía a la Basílica vieja —explicó Marisol—. A mí sigue pareciéndome hermosa, aunque la gente prefiera la nueva. Además de la Virgen, también me impresionaba un Cristo ensangrentado. Nunca he visto en un rostro tanto sufrimiento y tanta piedad al mismo tiempo. Por ahí debe de estar...

La contaminación incrementaba el bochorno de la tarde. Antes de ingresar en la antigua Basílica de Guadalupe, Marisol y Mateo se plantaron frente a la entrada para recobrar el aliento. El recinto se encontraba en restauración, como siempre, pero los andamios y trabajadores que desde hacía años lo invadían no mermaban su grandiosidad. Marisol y Mateo deambularon alrededor del altar, al que la ausencia del cuadro original de la Virgen restaba atracción. El pasillo a un lado conducía a una capilla votiva, que a esa hora se encontraba vacía. Hacia allá se dirigieron, y de pronto se toparon con la hornacina que acogía al Cristo ensangrentado. Ambos contuvieron el aliento: la expresión de la escultura era impresionante. En lo alto, un tragaluz cónico filtraba la luz del ocaso a través de cristales blanquecinos.

Con señas, Marisol y Mateo se recomendaron mutuamente calma. Tensos, aguardaron el momento, ya muy próximo, en el que el crepúsculo alarga las sombras hasta su límite. La emoción los rebasaba. Sus miradas milimétricas exploraban los sitios donde la luz se reflejaba. Repentinamente, una franja luminosa se dirigió hacia una de las numerosas oraciones que los fieles habían mandado esculpir en la concavidad protectora del nicho. Las cabezas de Marisol y Mateo chocaron torpemente cuando ambos se precipitaron para leer la plegaria. Se miraron y sonrieron.

En los montones de tierra
una santa cruz y el ocaso
continuarán revelando secretos
en el colegio imperial
reflexión y decisión

—¿Eso es una oración? —dijo Marisol exagerando su arrogancia y sabiendo la respuesta.

—No seas tan humilde, ¿eh? —dijo él con sarcasmo.

—¡Qué emocionante! —susurró ella, sonriente—. Me siento como en una película de…

—Indiana Jones... —dijeron los dos al mismo tiempo.

—Exacto —admitió ella con una sonrisa triste—. Excelente avance. Si no fuera por el lugar, te juro que ya estaría brincando.

—Lo sé —dijo Mateo trepidando—. Creo que deberíamos reunirnos con el resto del equipo hoy. Pero recuerda: sólo hablaremos de las pinturas, de lo que cada quien investigó por su lado. Ni una palabra de esto a Víctor Hugo.

***

Marisol, David y Víctor Hugo coincidieron en la entrada del edificio de Mateo. Subieron juntos y Mateo los hizo pasar, conteniendo la emoción. Se abstuvo de besar a Marisol en la mejilla y ella no intentó acercársele. En la mesa de centro de la sala ya estaban servidas cuatro copas y bocadillos. Víctor Hugo conquistó de inmediato el sofá con todo su cuerpo, y David se apresuró a ponerse en cuclillas frente a las pinturas, como si hubiera esperado largo tiempo para verlas de nuevo. Marisol arrastró una silla hasta la sala y se dejó caer en ella.

—Bueno y ¿cuál era la prisa? Uno tiene cosas que hacer... —gruñó el abogado. Mateo intercambió una mirada de complicidad con Marisol, y antes de que cualquiera de los dos dijera algo, David comenzó a hablar.

—Yo tengo algo que decir —anunció. Nadie objetó y comenzó con su exposición—. Pues bueno, en su famosa homilía de septiembre de 1556, el no menos famoso fray Francisco de Bustamante arremetió contra el culto a la Virgen y sus milagros. Durante el sermón se quejó en particular del provecho que las autoridades civiles y eclesiásticas estaban sacando y afirmó que el cuadro de la Virgen había sido pintado por un indígena llamado Marcos, al que también se le conoció como Marcos Cípac, Marcos de Aquino y Andrés de Aquino. Fue alumno en la Escuela de Artes y Oficios que fundó fray Pedro de Gante y se volvió importante ahí. También les digo que hay una Virgen parecida en España, en un lugar de donde gran parte de los conquistadores eran originarios. Ah, y que por sus declaraciones, fray Francisco de Bustamante terminó maldecido y desterrado. Acerca de las conjeturas del origen náhuatl, castellano o árabe del nombre de Guadalupe y del idioma en el que la Virgen le habló a Juan Diego, no pude llegar a ninguna conclusión. Las interpretaciones astronómicas sobre las estrellas y los rayos solares en la pintura fueron prefabricadas. Hasta aquí, toda esta historia podría seguir sujeta con alfileres, en el limbo o simplemente desecharse pero… —y David tomó una copa de vino y le dio un trago para finalizar su discurso.

—En la actualidad, ningún examen de una pintura se considera válido si no se usan rayos infrarrojos —comenzó, por su parte, Mateo—. Como les dije la otra vez, hace más o menos treinta años la Iglesia permitió a científicos vinculados con la NASA, analizar el cuadro de la Virgen. El comportamiento de los pigmentos ante este tipo de radiación es distinto que el que presenta frente a la luz común, ya que se muestran transparentes. Por lo tanto, esta técnica resulta muy útil para descubrir partes ocultas con capas oscuras de barniz, añadidos, alteraciones…

—O trazos previos, aparejos que usamos los pintores antes de comenzar la obra —agregó David.

—¿Qué es *aparejo*? —preguntó Mateo.

—Es la preparación del lienzo, la base, un emplaste sobre el que se pinta.

—Ah… Bueno, pues los resultados de los estudios con ondas infrarrojas confirman las sospechas de David —continuó Mateo—, el rostro, las manos, el manto, la túnica y el pie derecho son… milagrosos.

—¡Protesto! —objetó Víctor Hugo.

—Está bien, que se borre del acta, su señoría —respondió Mateo burlándose de Víctor Hugo con el lenguaje jurídico—. Rectifico: inexplicables.

—Continúe —dijo arrogantemente Víctor Hugo, y se inclinó para tomar un bocadillo.

—Al final no fue posible determinar el origen de los colorantes, tampoco la forma en la que se plasmó la imagen. No es una fotografía, una impresión o una pintura, no hay rastros de bosquejos, pincelazos o emplastes de fondo. Hace setenta años se enviaron a Heidelberg, Alemania, dos hilos coloridos del ayate para que los analizara Richard Kuhn, un

Premio Nobel de Química. El doctor contestó que los pigmentos no pertenecían al reino vegetal, mineral o animal, y ni pensar en algún material sintético en 1531. Digamos que la Virgen fue pintada a mano, con componentes conocidos y desconocidos.

—Sólo falta que repitas lo que dicen los curas: que Dios creó la obra —reclamó Víctor Hugo.

—¿Podrían voltear hacia acá un segundo? —pidió David, y cuando tuvo la atención del grupo señaló la parte inferior de la Guadalupana en el cuadro de vidrio—. Como esta pintura es copia fiel de la tradicional, me referiré a ella como tal. El ángel, la luna y el pliegue de la túnica al estilo azteca…

—¡Qué coincidencia! —exclamó Víctor Hugo con la boca llena.

—… son añadidos —continuó David—, lo mismo que las nubes o el fondo blanco, el resplandor naranja, los rayos solares, el moño del cinto, los brazaletes, los puños, el broche en el cuello en forma de óvalo con una cruz grabada, los arabescos de la túnica y la fimbria del manto.

—A ver, a ver —interrumpió Mateo—, ¿"fimbria"?, ¿"arabesco"?

—Los arabescos son los sobrepuestos o dibujos de tallos, hojas, botones, flores, y la fimbria es el borde del manto, el dobladillo, se podría decir. Junto con las estrellas y el oro también son postizos. Los dedos los recortaron más de un centímetro para quitarles su esbeltez, seguramente para que las manos parecieran indígenas…

—Eso ya es una interpretación —dijo Mateo.

—¿Y qué? —objetó Víctor Hugo—, todo en esta vida es una interpretación. Mi profesión se dedica a interpretar la ley, el arte…

—No quiero discutir —suplicó Mateo—, mi punto es que esta controversia lleva siglos, es muy poco probable que nosotros, que ni somos expertos, la resolvamos. Si nos despegamos de los hechos, nunca acabaríamos.

—El caso es que el rostro fue modificado —siguió David como si nunca le hubieran interrumpido—, esta papada y las sombras en los ojos nos hacen creer que está hinchada. La nariz fue extendida artificialmente y le abultaron los labios…

—Cualquier mujer necesita su manita de gato —intervino Víctor Hugo con una sonrisa mordaz. Al no obtener ninguna reacción, refunfuñó y encendió un cigarrillo.

—… y ahora desentonan con el resto de la cara —continuó David, ya irritado—, miren el rubor en esta mejilla… Y el cabello pintado de negro, tieso. Los retoques son evidentes por su irregularidad. Sin embargo, lo maravilloso es que no merman la sensación de ternura y socorro. En el cuadro de la Basílica se puede apreciar que el tejido burdo e imperfecto del ayate se aprovechó para realzar la obra. Es un recurso artístico genial. Me explico: las partes que están pintadas sobre las irregularidades de la tela, los nudos, por ejemplo, mejoran el cuadro en vez de afectarlo. El labio inferior no se ve caído, la inclinación del rostro libra la costura que divide al ayate en dos y la desproporción del hombro izquierdo apenas y se nota. ¿Me siguen? La verdad es que es mila… Verdaderamente sorprendente. El brillo del rosa y del verde, y eso que no se usaba barniz como hoy… Pareciera que fue pintado ayer —y para concluir, David señaló, emocionado, el lienzo enmarcado—. Les presento a la Guadalupana en su forma original.

El grupo guardó silencio y se dedicó a observar el cuadro. Incluso en los ojos de Víctor Hugo se reflejaba un profundo encantamiento. David los miró a todos, excitado, y agregó:

—Ah, se me olvidaba este detalle: aquí la Virgen luce una corona dorada de picos que fue suprimida en el cuadro que todos conocemos porque supongo que tampoco encajaba con la imagen…

—En las fotografías con rayos infrarrojos también se detectan huellas en la cabeza de la Virgen que sugieren que la corona estuvo ahí en un inicio —intervino Mateo. ¿Alguien ha oído hablar del efecto óptico de Purkinje-Sanson?

—¿Quién no? —preguntó Víctor Hugo con ironía. Marisol no pudo evitar sonreír, aunque ese tipo no acababa de caerle bien.

—Bueno, bueno, les explico. A finales del siglo XIX, Purkinje y Sanson, unos investigadores, descubrieron que dentro del ojo humano se forman tres distintas imágenes de lo que sea que veamos. Una, derecha y brillante, en la cara anterior de la córnea; las otras dos en el cristalino. La primera de éstas también es derecha y de brillo normal, y la segunda es invertida por el ojo, mucho más pequeña y menos reluciente. Estas partes de los ojos actúan como espejos convexo y cóncavo respectivamente. Y ahora Marisol nos platicará acerca del proceso de digitalización de imágenes.

—Gracias, Mateo, gracias —dijo Marisol con burlona solemnidad, y buscó complicidad en el rostro afilado de Víctor Hugo. Se sonrieron por un instante—. El sistema de digitalización de imágenes que nos interesa es muy sofisticado. Convierte las imágenes en números que después son leídos por una computadora. Este sistema se ha usado principalmente para reproducir fotos tomadas desde el espacio. Una imagen se puede ampliar miles de veces y pueden mejorar su resolución usando diferentes filtros. Se realiza un mapeo, o sea, la imagen se divide en cuadritos y cada cuadrito se puede agrandar. Por otro lado, todos sabemos lo que es un oftalmoscopio, ¿no? El aparato con que los oculistas examinan a los pacientes. Ese aparato crea un reflejo de luz en el círculo externo del ojo y ese reflejo llega hasta el fondo del ojo. Claro que esto sólo aplica en tercera dimensión.

—Ahora tú ya me aburriste —declaró Víctor Hugo, revolviéndose en el sofá. "Justo cuando empezabas a caerme un poquito menos mal", pensó enfurruñada Marisol.

—No te estaba hablando a ti —declaró, retadora—, estaba explicándole a David y Mateo.

—Contra las hormonas femeninas no se puede —murmuró el abogado. Marisol se volvió hacia él y Víctor Hugo abrió mucho los ojos, fingiendo estar asustado. La chica le hizo una seña que significaba "cierra el pico" y él buscó con la mirada la complicidad de algún otro hombre en el cuarto, pero no la obtuvo.

—En fin —suspiró Marisol e intentó calmarse—. El caso es que oftalmólogos de todo el mundo han inspeccionado los ojos de la Virgen y han coincidido en que la curvatura de la córnea y su profundidad pertenecen a un ser humano. Hay una anécdota que dice que uno de ellos estaba tan ensimismado en su labor, que olvidó que se trataba de un cuadro y le pidió a la Guadalupana que moviera los ojos hacia arriba para poder revisarla mejor. Hace más de ochenta años, al retratar por encargo el cuadro de la Virgen, un fotógrafo descubrió en el ojo derecho la figura de un hombre con barba. El hallazgo se ocultó en su momento, pero después fue comprobado por especialistas. A principios de los ochenta un experto aplicó la técnica de digitalización en los ojos de la Virgen y encontró algo increíble...

—¿Qué? ¿Qué? —cuestionó Víctor Hugo burlonamente.

—Explícame otra vez porqué tiene que estar este tipo aquí —le dijo Marisol a Mateo, irritada. Él sonrió, como disculpándose, y le pidió con señas que ignorara al abogado y continuara.

—Pues se encontraron figuras que representan el momento en que Juan Diego extendió su ayate frente a fray Juan de Zumárraga y otras personas. Como si los ojos de la Virgen hubieran querido retener la escena.

—Ésos son cuentos y de eso no te quejas, Mateo —dijo Víctor Hugo—, yo también puedo hacerte ojitos para que me dejes decir cualquier tontería.

—Cállate ya —ordenó David con fuego en la mirada—. Y si no, lárgate.

—Ay, tus amigos no aguantan nada, Mateo. Estoy bromeando —dijo, y volviéndose hacia Marisol—: Una disculpa, señorita.

Ella lo ignoró por completo y tomó un sobre de la mesa del comedor.

—Saqué fotocopias de las imágenes para ustedes —anunció, y repartió las hojas entre todos. Las que le tocaban a Víctor Hugo las dejó en la mesa de centro de la sala, lo suficientemente lejos como para que él tuviera que dejar su cómoda posición y estirarse para tomarlas.

—Yo no sé ustedes —dijo Mateo—, pero yo sí veo varias siluetas.

—Son manchas con formas caprichosas que se pueden interpretar de mil maneras —atajó Víctor Hugo—, como las pruebas sicológicas de Rorschach.

—Hagamos este ejercicio —interrumpió Mateo—. Tú, David, escoge una figura y dinos qué ves.

—Pues veo a un viejo, casi calvo, el pelo que le queda está cortado al estilo de los monjes, tiene barba blanca, cejas espesas, nariz y mandíbula muy salientes, ojos y mejillas hundidas.

—Y hasta parece que le cae una lágrima por el rostro —agregó Marisol.

—¿Todos vemos, en términos generales, lo mismo? —preguntó Mateo. Víctor Hugo se limitó a emitir un gruñido.

—A fray Juan de Zumárraga —dijo Marisol—. Tomemos otro ejemplo. ¿Quién quiere seguir? ¿Tú, Víctor Hugo? —preguntó con una falsa sonrisa. Él la ignoró.

—Entonces sigo yo —dijo Mateo, emocionado—. Veo a un hombre de aspecto indígena, nariz aguileña, pómulos pronunciados, labios entreabiertos como si estuviera hablando. Anudado al cuello tiene un ayate que extiende. Sobre su cabeza —Mateo acercó la fotocopia a sus ojos— se distingue un cucurucho que podría ser un sombrero.

—¿Todos de acuerdo? —quiso saber Marisol. Sin esperar respuesta, declaró—: ¡Es Juan Diego!

—Ay, por favor —dijo Víctor Hugo, irritado—. No me digan que la selección de las figuras fue producto de la casualidad.

—Es la primera vez que veo las fotos —aseguró Mateo.

—La Iglesia pudo haber orquestado estos estudios —protestó Víctor Hugo.

—Sí, puede ser —admitió Marisol, encogida de hombros—, pero si pensamos así nada vale, y nuestra búsqueda no tendría sentido. Si sirve de algo, no he encontrado objeciones a estos estudios de digitalización. Ah, también aparece el busto de un hombre con barba. Y con las ampliaciones se pueden apreciar sus facciones españolas: es un hombre de cabello corto que se toca la barba con un dedo.

—Y de nuevo, no soy experto, pero se nota que las imágenes se corresponden en tamaño y posición. O sea que también cumplen con el efecto de Purkinje-Sanson que les decía. Incluso hoy sería difícil dibujar o imprimir estas figuras microscópicas en las pupilas de la Virgen. Miden menos de ocho milímetros; si se usara un cabello como pincel sería demasiado grueso. Y considerando lo áspero del ayate, quien lo haya hecho tendría que haber conocido todas estas técnicas modernas y las leyes de la óptica... Era 1531.

—A ver, está bien, repasemos el resto de las imágenes —dijo Víctor Hugo, cada vez más interesado muy a su pesar.

—Comienzo —dijo David—, un indígena sentado, otras dos personas y una pareja. El hombre parece platicar con la mujer, que es joven y está cuidando a tres niños, a uno de ellos lo carga en la espalda. Otra pareja. No voy a mencionar la última figura porque se la quiero dejar a Víctor Hugo.

Excepto el aludido, los demás sonrieron. Sus observaciones coincidieron con la descripción de David, y la imagen que éste no mencionó, correspondía a una mujer de raza negra.

—Para terminar, me gustaría decir algo del ayate —dijo Mateo—, su conservación también es... inconcebible. Perfecto estado, cuatrocientos setenta y tantos años… Un material así debió haber durado… —y se volvió hacia David, buscando que completara su idea.

—Veinte años, máximo. Sería el último material sobre el que yo elegiría pintar —comentó David.

—Lo han doblado varias veces, estuvo a la intemperie por más de un siglo, los fieles le frotaban objetos o partes de sus cuerpos que presentaran alguna enfermedad o infección… —dijo Mateo. Marisol tomó la palabra para continuar por esa línea de pensamiento.

—Estaba siempre rodeado de veladoras, insectos, polvo, calor, humedad… El humo, los microorganismos… Aunque después se protegió con cristales, es extraordinaria su preservación. Dicen que al limpiar el marco, derramaron por accidente ácido nítrico sobre el ayate, y apenas se le notan algunas manchas.

—"Dicen" —se burló Víctor Hugo—. ¿Y si lo cambiaron y ya no se trata del mismo ayate? También cabe esa posibilidad, ¿no? También puede ser que no haya sido un costal, como dicen ustedes, sino una tela más resistente.

—Si fuera así, lo tendrían que estar cambiando cada veinte años —respondió David—. Y por muy buenos que fueran los pintores que lo copiaran, alguien terminaría dándose cuenta. En cuanto al material, se trate del que se trate, ¿cómo se justifica lo que dice Mateo sobre la exposición del cuadro a cielo descubierto durante más de cien años?

Todos guardaron silencio, sumido cada uno en sus propias teorías y reflexiones.

—Si no les importa —propuso Mateo—, dejemos la presentación de Víctor Hugo para la próxima sesión. Tengo la boca seca. Me muero por un trago.

—Yo ni tengo listo nada —comentó a su vez Víctor Hugo—, originalmente faltaban tres días para la reunión. Dame un whiskicito.

Mateo sirvió una ronda y todos chocaron sus copas. David quería hablar con Víctor Hugo, intentar romper su coraza de defensas para que sus aportaciones resultaran más útiles. También planeaba suavizarlo un poco para que dejara de molestar a Marisol... Debía recurrir a estrategias de este tipo, porque si ella percibía que David trataba de defenderla, su feminismo se volvería contra él.

—¿Sabes? —le dijo finalmente al abogado—, yo tampoco soy creyente, pero el tema me tiene deslumbrado.

—Pues sí, fue una muy buena puesta en escena para convertir a la población indígena al catolicismo —respondió Víctor Hugo—. Ése sí que fue un milagro, para que veas. Diariamente se bautizaban miles de indígenas, fue la conversión en masa más grande de la historia. Hasta las enfermedades que trajeron de Europa les sirvieron: se desataron epidemias, los cadáveres se descomponían a la vista de todos, la gente se moría de hambre y la grandiosa ciudad de Tenochtitlan estaba en ruinas. Los guerreros aztecas estaban humillados y desposeídos, y en ese preciso momento se aparece la Virgen en el cerro, donde antes estaba el santuario de Tonantzin. Y ya con eso los acabaron de conquistar.

Mateo había estado escuchando y dijo:

—También se puede ver como el nacimiento de una nueva patria sin vencedores ni vencidos. En algún momento las dos razas se fusionaron y se creó algo nuevo. Además de que tus adorados aztecas tampoco eran unas blancas palomitas, ¿eh?

—Todas estas historias siguen un patrón —insistió Víctor Hugo—, una Virgen se le aparece a gente humilde y les encarga que sirvan de mensajeros para que se construya una iglesia. Entonces empieza el negocio. Pero esa figura tan buena tenía que ser indígena, así que le achicaron los dedos, le oscurecieron la cara, le pusieron el pliegue típico a la túnica y la luna que forma parte de la mitología azteca.

—También se podría pensar —replicó David— que los misioneros quisieron agregarle al cuadro las corrientes pictóricas de la época e imprimirle aires de religiosidad con los ángeles, la luna, las estrellas y los rayos solares. Las religiones de las dos razas no estaban tan distanciadas como se cree. Los aztecas eran sensibles a las señales del cielo, a las apariciones, a los dioses bondadosos…

—David, Mateo, perdón, pero como historiadores dan pena —declaró Víctor Hugo con sorna—, no es posible que…

Una serie de gritos interrumpió a Víctor Hugo.

—No pelen, es otra manifestación —dijo Mateo—, el caos no para, la violencia aumenta… Necesitamos urgentemente algo que nos una o terminaremos matándonos.

—Ahora resulta que eres un predicador de plazuela, Mateo. ¿Qué nos podría unir? ¿Un llamado divino? A mí no me van a convencer ni aunque fuera testigo de la sexta aparición de la Virgen.

—En realidad sería la *quinta* —puntualizó Mateo—, porque a Juan Diego se le apareció cuatro veces.

—Religioso y mal informado —se burló Víctor Hugo—, en el *Nican mopohua* se menciona una quinta aparición a Juan Bernardino, el tío de Juan Diego. Al ver que su tío agonizaba, Juan Diego salió a buscar a un confesor y se encontró a la Guadalupana, que curó al enfermo. Ése fue el primer supuesto milagro de la Virgen, con el que se inició el mito.

La precisión de Víctor Hugo dejó mudo al resto del equipo, que bebió para disimularlo.

La espiritualidad es independiente de cualquier religión y compatible con el entendimiento. Distingámosla y procurémosla siempre.

—He investigado lo más relevante que han escrito estudiosos, antropólogos e historiadores sobre el *Nican mopohua* —comenzó a decir Víctor Hugo en la siguiente reunión. No le resultaba del todo cómodo tener la atención de todos puesta en él—. Voy a mencionar sólo aquello en lo que la mayoría coincide. *Nican mopohua*, como lo dijo Marisol, significa "aquí se cuenta". Éstas son las primeras líneas del texto, al que también se le conoce como *Huei tlamahuizoltica*, que significa "el gran suceso". Es la narración más completa sobre los sucesos guadalupanos de diciembre de 1531. Ésta es la historia que en las familias católicas le inculcan a los niños.

—Cierto, pero ¿quién oyó hablar de este documento en su infancia? —preguntó Mateo—, nunca se menciona.

—No, y resulta muy extraño porque el *Nican mopohua* cuenta con la venia oficial de la Iglesia —respondió Víctor Hugo.

—¿Y qué hay del origen del texto? —preguntó David.

—Fue escrito por un nahua muy culto, Antonio Valeriano. Nació en la tercera década del siglo XVI y varias fuentes sostienen que era sobrino de Moctezuma II. Gracias a su sabiduría pudo casarse con la hija de un noble y ocupar el cargo de gobernador durante más de treinta años, hasta que murió a principios del siglo XVII. Fue un alumno destacado del Colegio Imperial de la Santa Cruz y más tarde enseñó ahí.

—Un momento —interrumpió Mateo, visiblemente nervioso—, ¿te refieres al Colegio de la Santa Cruz de Tlatelolco?

—Sí, el Colegio Imperial, ¿por qué?

—Por nada, por nada, quería saber si es el mismo —improvisó Mateo.

Víctor Hugo hizo un gesto de hastío y tomó un poco de whisky.

—Continúo. Valeriano aprendió de todo en el Colegio: ciencias, artes, letras, religión, castellano, latín y se dice que hasta griego. Tenía un profundo conocimiento de la historia y el pensamiento indígenas. Fue contemporáneo de fray Juan de Zumárraga y Juan Diego, incluso fue amigo de su padre. Además se desempeñó como colaborador de fray Bernardino de Sahagún junto con otros, de los que pudo haber recibido información directa. Por eso algunos sostienen que el *Nican mopohua* lo escribieron varios autores, coordinados por Antonio Valeriano. En términos generales es una obra de alto nivel lingüístico y poético, similar a los *Cantares mexicanos* y a otros textos de la tradición literaria náhuatl, con muchas metáforas, trama y diálogos bien construidos, palabras yuxtapuestas, difrasismos…

—¿Qué es eso? —quiso saber Mateo, y David apoyó su moción asintiendo.

—Si Marisol habla náhuatl, como dice, ella debe poder explicarlo mejor que yo —le respondió Víctor Hugo a los hombres, sin voltear siquiera a ver a Marisol.

—En náhuatl son dos términos que al conjuntarlos producen un tercer término alegórico —declaró la chica viendo al abogado fijamente.

—¿Saben qué significa eso o quieren ejemplos? —dijo con desdén Víctor Hugo.

—Quedamos en emplear un lenguaje simple —dijo Mateo—, mejor continúa.

—Si no quieres aprender nada nuevo, pues prosigo. Se dice que el original del *Nican mopohua* fue escrito en papel de pulpa de maguey, pero nunca ha sido encontrado, sólo se conocen copias manuscritas.

Marisol ya había incluido a David en los misterios de las notas, y los dos le dirigieron una brevísima mirada de complicidad a Mateo.

—¿Qué son esas miraditas? Ya sé que soy el único que está afuera de este *ménage à trois*, pero les voy a pedir que se concentren, niños —exclamó Víctor Hugo, enfurruñado al sentirse excluido. Marisol se ruborizó violentamente y David se recargó en el respaldo de su asiento y levantó las cejas, irritado—. En fin —continuó Víctor Hugo, sin que le importara en lo más mínimo la incomodidad que había provocado—, de las reproducciones, la más antigua que se conoce está en la Biblioteca Pública de Nueva York. Tiene fecha de 1548, está incompleta y estropeada. Para variar, los gringos siempre aparecen inmiscuidos en nuestros asuntos. Son 16 páginas escritas de corrido a la usanza de su tiempo, tiene mutilaciones pero se cree que no tienen importancia. Ya se han hecho varias traducciones que se consiguen en cualquier librería, el duplicado que me dio Mateo es una fotocopia de una de ellas. Debo decir que me sorprende que un documento de este tipo no incluya la advertencia de catástrofes, epidemias u otros graves peligros, y consejos para evitarlos.

Mateo bajó la mirada para evitar encontrarse con los ojos de Marisol y provocar más sospechas. Fingió pensar unos instantes.

—¿Qué crees que haya motivado a Antonio Valeriano a escribirlo? —preguntó finalmente—. ¿Lo habrá hecho por encargo? ¿O inspirado por los hechos enigmáticos de los que fue testigo? ¿Habrá pretendido establecer un nuevo culto en el mismo lugar donde antes los indígenas veneraban a Tonantzin?

—Nunca lo sabremos. Supongo que un poco de las tres cosas —dijo Víctor Hugo.

—¿Qué crees que haya pasado con el original del libro? —preguntó Marisol inocentemente.

Extrañamente, la pregunta despierta el interés de Víctor Hugo, como si hubiera estado esperando que alguien lo cuestionara al respecto para poder responder.

—Es toda una historia detectivesca: circuló entre religiosos, historiadores y eruditos. Primero lo tuvo uno de los pupilos de Antonio Valeriano, Fernando de Alva Ixtlilxóchitl, y luego el hijo de éste, Juan de Alva Cortés, quien al morir sin descendientes le deja sus libros y documentos a Carlos de Sigüenza y Góngora. Más tarde Sigüenza los cede en herencia a la biblioteca de los jesuitas del Colegio de San Pedro y San Pablo de la ciudad de México. Finalmente el texto pasó a manos de Lorenzo Boturini, el erudito de origen italiano que se estableció en la Nueva España y promovió el culto a la Guadalupana. Eventualmente todos sus libros fueron confiscados por autoridades virreinales y entregados a la Real y Pontificia Universidad de México. Aquí ya estoy hablando del siglo XVIII, cuando se le pierde la pista. El original lo debe de tener algún coleccionista privado que no lo hace público por temor a que se lo incauten.

—¿Y si lo tiene la Iglesia o alguno de esos grupos

reaccionarios que desde la época colonial han proliferado? —tanteó Mateo.

—No vería el motivo para esconderlo. Es el principal sustento de la leyenda que generación tras generación nos han querido transmitir. Aunque por otro lado también es cierto que la Iglesia siempre ha tratado de deshacerse de cualquier texto que atente contra la institución; ahí está la sombría historia de la Santa Inquisición.

—¿Y si el original contiene el aviso de calamidades y no han querido divulgarlo para impedir el pánico? —inquirió Marisol. La temperatura en el cuarto había estado subiendo, y tanto David como Mateo habían estado tomando para disimular la tensión que el secreto causaba.

—¡Qué va! Para eso la Iglesia se pinta sola —opinó Víctor Hugo—. Si la Iglesia tuviera el original y dijera eso, ya nos habrían convencido de que nos espera un infierno también aquí en la Tierra si seguimos de pecadores.

—¿Qué tal si en su momento la Iglesia o alguna secta no le dieron importancia a los desastres y a cómo impedirlos, y decidieron mantenerlo oculto para no ponerse en evidencia?

—¿De qué hablas, Mateo? ¿En qué te basas para proponer algo así? —exclamó Víctor Hugo—, o has visto demasiada tele, o todos ustedes saben algo que yo no, pues andan muy misteriosos…

—A cualquiera le intrigaría que el original de un documento así esté perdido, ¿no? —justificó Marisol.

—Puede ser, pero no tenemos razones para creer que alrededor del asunto haya una intriga como la que propone Mateo —rezongó Víctor Hugo.

—Oye, ¿y cómo es que la reproducción antigua que mencionas fue a dar a Nueva York? —preguntó Mateo para desviar la discusión.

—Alguien la sacó de la biblioteca de la universidad y se la entregó al bibliófilo José Fernando Ramírez, cuyo archivo fue subastado a finales del siglo XIX.

—¿Y esa reproducción no podría ser el original? —aventuró David.

—¿Qué se traen? —insistió Víctor Hugo.

—Es simple curiosidad —respondió David. El abogado lo miró con suspicacia y respondió:

—Así se creyó durante algún tiempo, hasta se desechó la posibilidad de que en el original se hubiera usado pulpa de maguey. Sin embargo, se encontró un error que confirmó que el documento había sido copiado: en las páginas del documento se duplica un párrafo.

—Vaya distracción la del encargado de hacer la copia —apuntó Mateo.

—¿Puedo continuar con lo que investigué? —preguntó Víctor Hugo agresivamente.

—Uy, qué humor, ya cásate —murmuró Mateo con una media sonrisa.

—El otro día una secretaria me dijo lo mismo. Esperaba más de ti, Mateo —respondió el abogado—. A mediados del siglo XVII, el bachiller Luis

Lasso de la Vega, capellán del Santuario de Guadalupe, imprimió el *Nican mopohua* en náhuatl para que los nativos pudieran leerlo. Se imprimieron unos 500 ejemplares, que hoy son casi imposibles de conseguir… Eso sí, el manuscrito original de Lasso de la Vega, del que se hicieron las copias, sí está localizado. Se compone de cinco y media páginas dobles, numeradas y divididas en cinco párrafos con 218 versos. Se ha traducido varias veces.

—¿Cómo se supo ese manuscrito era una copia del de Valeriano? —preguntó Mateo.

—Cada obra corresponde al siglo en la que fue escrita y en la de Lasso de la Vega es más notoria la influencia española y su propósito catequista. La estructura y estilística difieren. Un extranjero recién llegado al país jamás hubiera podido escribir semejante texto en náhuatl a la altura del de Valeriano.

—Pues supongo que si se hallara el original, su valor sería incalculable —dijo David.

—Uf —suspiró Víctor Hugo, con los ojos brillando de codicia—, sobrarían coleccionistas dispuestos a pagar una fortuna, la mismísima Iglesia, fanáticos…

—Hasta el gobierno —completó Mateo.

—Cuando lo encuentren me avisan, yo me encargo de venderlo. Solamente con la comisión me la pasaría de lujo.

—Seguro —dijo David, y su mente también voló a la posibilidad de una vida sin carencias económicas.

—A pesar de todo, como les decía, en sí el texto tiene un gran mérito literario, pero creo que no pasaría de un cuento para niños si no remitiera al cuadro de la Virgen —concluyó Víctor Hugo.

Ya se acercaba la media noche. Marisol bostezó y, al mirarla, David lo imitó. Con una mirada acordaron que ya era tiempo de irse y se levantaron. Víctor Hugo y Mateo se habían enfrascado en alguna discusión intelectual, pero al ver que la pareja se incorporaba, el abogado lo hizo también.

—¿Cómo? ¿Todos se van? —dijo Mateo con un dejo de tristeza.

—Sí, Mateo, algunos de nosotros trabajamos —dijo con ironía Víctor Hugo. En realidad, en ese momento el único con un trabajo estable era él—. Además —agregó—, si cada vez que ellos se van yo me quedo, van a pensar que tú y yo somos maricones.

—Yo voy a recoger a mi hermano al aeropuerto mañana temprano —dijo David dirigiéndose a Mateo e ignorando a su amigo.

—Y a mí el desempleo me tiene bien cansada, tengo que irme a dormir —dijo Marisol ácidamente. "Mientras más me odia, mejor me cae", pensó Víctor Hugo con respecto a Marisol.

—Bueno… Pues que descansen. Les hablo en un par de días para ver cuándo volvemos a reunirnos. Yo creo que apenas estamos vislumbrando la punta de este iceberg —dijo Mateo. Acompañó a los tres a la puerta y esperó con ellos a que llegara el elevador.

—Dejé mi bufanda adentro —anunció Víctor Hugo—, adelántense.

David y Marisol levantaron las cejas como diciendo "no pensábamos esperarte", y abordaron el elevador. El sabor en la boca de Mateo se volvió amargo cuando alcanzó a ver, mientras las puertas se cerraban, que David se inclinaba sobre su novia para decirle algo al oído.

Azotó la puerta de su casa. "¿Por qué te haces esto, Mateo?", se preguntó. Víctor Hugo ya estaba de regreso sobre el sofá.

—¿No que ya te ibas? —preguntó Mateo, hastiado y malhumorado.

—¿Qué, no puedo quedarme unos minutos más con mi amigo, preguntarle cómo está? —simuló ofenderse Víctor Hugo.

—¿Quieres saber cómo estoy *yo*? —dijo Mateo con una agria sonrisa— ése no es el Víctor que conozco.

—Pues por lo que veo, Mónica ya se te olvidó y de la que te estás acordando es de Marisol, que de luminosa tiene lo que yo de…

—¿De qué hablas? —defendió instintivamente Mateo.

—Por favor, Mateo, si es una amargada.

—¿Marisol? ¿De verdad? —dudó por un instante Mateo. Había pasado años pretendiendo que las fuertes opiniones de su amigo no le influenciaran, pero cuando se encontraba vulnerable, no podía evitarlo.

—Uf… Aunque tu mujer no estaba mucho mejor —opinó Víctor Hugo mientras se servía un trago—. Estás mejor solo, créeme.

—No me gusta estar solo, Víctor. No soy como tú.

—Eso ni quien lo dude —dijo con arrogancia—, somos muy diferentes. Yo nunca he soñado con el clásico "nació, creció, se casó, se reprodujo, murió". Lo que quiero es aislarme lo más pronto posible. Es lo que siempre he querido. Sólo me falta dinero, pero ya estoy a punto de conseguirlo.

—No me digas que la estupidez que me contaste el otro día es verdad.

—Ah, no puedo mentirte —dijo Víctor Hugo con brillo en la mirada.

—O sea que te quedaste aquí para contarme esto, no porque te interesa cómo estoy.

—No seas egoísta, Mateo. Pareciera que sólo quieres hablar de ti mismo.

Mateo sonrió y negó con la cabeza. A Víctor había que aceptarlo tal cual era, no iba a cambiar.

—Cuéntame. Como bien señalaste, no tengo que trabajar mañana. Tengo toda la noche.

—Pues mira: tengo la certeza de que los laboratorios de los que te hablé estarían dispuestos a pagar muy bien para que se guarde un secreto que pondría en peligro una producción de ganancias millonarias.

—¿Por qué estás tan seguro?

—"Hay cosas que se sienten" —dijo, remedando el tono que David había utilizado días atrás—, lo sé, los conozco. Y ya tengo las pruebas suficientes.

—Una cosa así se puede complicar mucho.

—Sí, mucho —admitió Víctor Hugo, adoptando un tono más serio—. Estas últimas noches no he dejado de darle vueltas al asunto. Y eso es lo que me molesta, de eso quería hablar. Reclamarte, más bien.

—¿Reclamarme? ¿Qué cosa?

—Mis dudas, son culpa tuya —recriminó Víctor Hugo, señalando a Mateo con el whisky en la mano.

—¿Mi culpa? —repitió Mateo incrédulo—, si yo ni dije nada. De hecho, mientras menos sepa del asunto, mejor para mí. Todavía no sé si estás bromeando.

—Ah, no estoy bromeando, créeme. Y la culpa la tiene todo tu asunto éste con la Virgen.

—¿Qué tiene que ver?

—Ni siquiera puedo decirlo en voz alta sin reírme, Mateo. Es ridículo.

Mateo guardó silencio y escrutó la expresión confundida de su extraño amigo. Supo que hablaba en serio en los dos aspectos: sí planeaba chantajear a los laboratorios farmacéuticos que había mencionado, y también había tenido un extraño ataque de religiosidad que hasta a él le sorprendía.

—¿Quieres decir que…? —comenzó incrédulo Mateo—, ¿pensar en la Virgen, en sus milagros, y en la fe, te ha hecho… qué? ¿Volverte mejor persona?

—Ay, por favor. Si empiezas con estupideces, me voy.

—Me hubieras dicho antes que ésa era la manera de correrte.

—Estoy hablando de algo mucho más profundo que un arrebato religioso. Eso sólo les pasa a los ignorantes.

—O a los santos —reviró Mateo.

—Exacto. No soy ninguna de las dos cosas. Es una adecuación de perspectiva, una *alternativa mística*, si se le puede llamar así. Ahora es el momento en que te burlas de mí y me haces volver en razón.

—No me voy a burlar, la conversión puede ser más fuerte que la tentación, te lo dice tu predicador de plazuela de confianza —dijo Mateo divertido.

—Estoy hecho un desastre, Mateo. Te odio por eso. Antes nunca habría dudado en obtener mi dinero y desaparecer. Lo sabes. Tengo adentro muchos demonios, demonios que exigen ser liberados y no domados, ¿entiendes? Y ahora esta... "alternativa" me insta a no abdicar.

—A domar a tus demonios en vez de dejarlos ser —quiso entender Mateo.

—¿Alguna vez has sentido algo así?

—No a tal grado —dijo Mateo, pasmado por las confidencias de su amigo—. Aunque este asunto me ha hecho reflexionar y me ha ayudando a despejar varias dudas. Al contemplar las imágenes entiendo por qué tantos fieles han visto en Ella un asidero. No es por los mandatos de la institución religiosa. Es una *conversión* espiritual.

Víctor Hugo dejó el vaso vacío sobre la mesa de centro, como si el alcohol hubiera sido el causante de sus nuevas ideas.

—Ya me voy. No puedo volver a pasar la noche en este sofá pestilente —anunció.

—¿Ya te vas? Si apenas se está poniendo interesante esto...

—"Esto" nunca pasó, ¿está bien? Vas a borrar toda esta conversación de tu cabeza y no vas a contarle nada a nadie.

—Por supuesto que no. Es un secreto de confesión —se burló Mateo.

—Ah, cállate —gruñó Víctor Hugo, irritado. Se incorporó y comenzó a buscar su abrigo a su alrededor.

—Déjame pedirte un taxi —sugirió Mateo.

—Puedo parar uno acá abajo.

—Mejor llamamos uno de sitio. Los de la calle son peligrosos.

—Ya no tengo por qué tener miedo, Mateo. La Virgen me cuidará —dijo con sarcasmo, burlándose de su propia fe.

—No creo que la Guadalupana se meta en peleas con taxistas —dijo Mateo, y marcó el número del sitio de taxis. Su amigo se dejó caer en el sofá, rendido—. Viene para acá —anunció Mateo, y colgó el teléfono, que sonó enseguida.

—¿Quién llamaría a esta hora? —dijo Mateo en voz alta, aunque sabía con total seguridad que se trataba de Marisol. Víctor Hugo estaba hundido en el sofá, refunfuñando para sí mismo.

—¿Bueno?

—Perdón, Mateo, ¿estabas dormido?

—No, para nada —aseguró él, y su mente fantaseó, por unos segundos, con que ella estaba llamando para repetir algún diálogo cinematográfico, algo como "ya no puedo continuar así, amor mío… Todo se ha terminado entre David y yo, es a ti a quien amo".

—Ah… es que descubrí una cosa increíble, que nos hará avanzar con los acertijos.

—Sí, no te preocupes, Víctor Hugo y yo vamos a buscarlo y te lo guardo aquí —dijo Mateo.

—O sea que no se ha ido —dijo Marisol—, no importa. ¿Sabes lo que significa Tlatelolco?

—No.

—Yo no voy a buscar nada —reclamó Víctor Hugo—, no soy su sirviente.

—Shh —indicó Mateo.

—"En los montones de tierra" —dijo Marisol.

—Ah…

—Lo que oyes. Todo se integra. Estamos en el mismo canal, ¿no? Nos vemos el lunes en la tarde ahí, en la Plaza de las Tres Culturas, en el monumento a los estudiantes caídos. ¿Ubicas?

—Sí. No hay nada que agradecer. Que descanses.

Mateo colgó y como respuesta a la mirada retadora de Víctor Hugo, dijo:

—Que a Marisol se le cayó un arete. Sé que te mueres de ganas de ayudarme a encontrarlo, pero tu taxi ya debe estar abajo. Buenas noches.

Existen solamente dos formas para vivir tu vida: una es pensando que nada es un milagro; la otra es pensando que todo es un milagro.

ALBERT EINSTEIN

—¿Licenciado Abarca?

—Sí, soy yo.

—Me urge verlo. Habla *San*. Asunto clave 33.

—Lo espero en mi casa.

***

El siguiente lunes Mateo se estacionó en una calle controlada por acomodadores. Refunfuñó antes de negociar lo que ellos llamaban la "cuota fija" y se aseguró de cerrar bien el auto. No visitaba Tlatelolco hacía muchos, muchos años. Al adentrarse en la unidad habitacional sintió que bastaría un soplido para que se viniera abajo. "Aunque lo mismo se podría decir del país", pensó. Se aproximó a donde Marisol lo esperaba vestida de azul y con el cabello suelto, para variar, desordenándose con el viento vespertino. "¿De qué hablaría Víctor Hugo?", se preguntó al recordar lo que había dicho su amigo acerca de Marisol. "No conozco una mujer más luminosa." Estaba sólo a unos pasos cuando vio que David se acercaba a ella también. "Eclipse solar", se dijo, y se felicitó por su creatividad.

—¿Todo listo? —preguntó al llegar frente a ellos. La pareja asintió con un gesto de impaciencia. Juntos se encaminaron hacia el templo de Santiago Tlatelolco, con su planta en forma de cruz. A un lado se encontraba el que alguna vez fuera el Colegio Imperial y, enfrente, el área arqueológica.

—Hasta donde alcancé a investigar —dijo Mateo, volteando a todos lados— ahora el Colegio es un archivo de la Secretaría de Relaciones Exteriores. Ha sido universidad, imprenta, biblioteca, seminario, museo, prisión... Es un edificio con un conflicto de identidad.

Nadie respondió a su broma y Mateo se ruborizó, ofuscado.

—Antes de que llegaras entramos a la iglesia —dijo David—. Hay una pintura espectacular de la Guadalupana y la pila donde bautizaron a Juan Diego.

—En resumen, todo coincide... —concluyó de prisa Marisol.

—No vayamos tan rápido, primero revisemos por fuera —sugirió Mateo. Se sentía incómodo por haber quedado excluido de una parte de la investigación. En el lugar circulaba muy poca gente, y en el horizonte el sol comenzaba a languidecer.

—Pues sólo desde arriba del campanario de la iglesia se ve una cruz —señaló Marisol. Mateo asintió con expresión adusta y examinó el edificio.

—¡Miren, la sombra empieza a proyectarse sobre el Colegio! —exclamó David con el corazón agitado. Los tres contuvieron la respiración como si el más mínimo movimiento pudiera afectar el recorrido de la sombra, que finalmente llegó al Colegio. Corrieron hacia la puerta de entrada y frenaron en seco al ver que estaban a punto de cerrar.

—Ustedes síganme la corriente —dijo Mateo mientras intentaba inventarse algún plan.

—El horario de visita es de nueve a cinco —anunció un guardia malhumorado.

—Ahí dice que es de nueve a seis —respondió Mateo señalando un anuncio en la puerta.

—La última visita se recibe a las cinco —declaró el guardia.

—Mire, ella es americana —le dijo Mateo al guardia en tono confidencial— y sólo le falta visitar aquí para terminar un trabajo que le encargaron. ¿Qué podemos hacer para que nos deje entrar? Sólo para saber si vale la pena regresar mañana.

—Es que ya estamos cerrando —insistió el guardia perezosamente.

—*Please, very quickly* —dijo Marisol fingiendo acento americano—. *Tell him that we will buy him a soda.*

—Dice la señorita que le da para un refresco, hasta dos.

—Bueno, pero rápido, ¿no? Para que no digan los gringos que no somos cuates…

—*What?* —preguntó Marisol, fingiendo que no había entendido. Mateo asintió.

—*Oh, thank you* mucho, mucho, "siñor".

—No le hace, señorita —respondió ligeramente ruborizado. Se volvió hacia su colega—. Van a pasar sin registrarse. Dáles chance, luego te explico.

El Colegio se componía de dos plantas. En la primera había un jardín circundado por un corredor, que a su vez se comunicaba con la segunda planta y con otras estancias. Marisol, David y Mateo se quedaron quietos, observando anonadados cómo la sombra de la cruz se detenía sobre una baldosa de la fuente que se encontraba en medio del jardín.

—¿Van a pasar o no? —preguntó el guardia.

—Ustedes vayan y yo los espero aquí —le dijo Mateo a Marisol y David, y se encaminó hacia una de las bancas que había alrededor de la fuente. Ellos subieron velozmente al segundo nivel y desde un ventanal observaron el trayecto de la sombra, que avanzó sobre los muros de ambos pisos para después desaparecer. Mateo llamó al vigilante.

—Se lo doy aquí por si hay cámaras —dijo, y le extendió un billete de cien pesos.

—¡Qué va! —exclamó alegremente el hombre, embolsándose el dinero—, en este lugar no hay nada que le interese a los rateros. Sólo unas computadoras, pero imagínese el circo para meterse y llevárselas.

—Pero, ¿y en las noches? —preguntó Mateo inocentemente.

—Nos toca velar, un día y un día —replicó el vigilante, señalando a su colega.

—Ha de ser bien cansado —aventuró Mateo.

—No le digo que no. Pero acá nunca pasa nada.

—Así que se puede echar por ahí su pestañita…

—No, qué pasó… —dijo el vigilante con una sonrisa de complicidad, y volteó hacia una covacha en el extremo del jardín más próximo a la recepción.

—Pues a ver qué dice mi amiga la americana. Tal vez regresamos mañana —dijo Mateo.

—Ya sabe, cuando quiera, joven —respondió el vigilante, tocando la bolsa del pantalón donde había guardado el billete.

Después de unos minutos, Marisol y David descendieron del segundo piso y se acercaron a Mateo.

—¿Todo bien? —preguntó el oficial.

—Sí, gracias —contestó David. Los tres se despidieron de los guardias aparentando naturalidad y ya afuera del Colegio, Mateo exclamó:

—Así que vimos lo mismo. La piedra donde apuntó la sombra será fácil de quitar. Las junturas son bastante recientes… con una pala, un cincel y un martillo será suficiente.

—Sí, supongo que eso sería suficiente, pero qué ¿vamos a entrar así nada más, con nuestro cincel, a romper el piso? —preguntó Marisol.

—No se preocupen. Se me está ocurriendo algo —dijo Mateo entrecerrando los ojos—. De hecho estoy decepcionado, hasta de mi amigo Gabriel. Creí que este asunto sería más sofisticado y tendría más riesgos, como en las películas: sistemas de seguridad de punta, lugares enigmáticos, detectives inteligentes, pero en México hasta los misterios son de Tercer Mundo.

—No empieces, Mateo —dijo Marisol, aburrida. David la miró, como queriendo preguntarle a qué se refería—. Mateo es malinchista, para él, todo lo mexicano es mediocre —le explicó Marisol.

—No todo —arguyó Mateo—, los narcos, la obesidad y la corrupción son de primer nivel. En fin. No sé en qué vaya a acabar este asunto, pero algo me dice que podríamos encaminarlo a cambiar un poco las cosas, a hacer el bien, como diría algún superhéroe.

—Yo siento lo mismo —dijo Marisol, y David asintió— y siento que es momento de decidir si vamos a seguir adelante con esto, adonde sea que nos lleve…

—Les invito un café —propuso Mateo—. Nos ayudará a despejarnos y a preparar el plan para mañana.

**

Durante el trayecto en el taxi, César repasó mentalmente la información que planeaba revelarle a los mandos superiores y que lo haría subir otro peldaño en la organización. Se frotó las manos, nervioso. Aspiraba a convertirse en *Mando regional*. Su carrera dentro del Azacán había sido meteórica: ya había pasado por cinco jefaturas: de *Núcleo*, *Centro*, *Directorio*, *Gabinete* y *Local*. Su sueño era llegar a ser *Mando nacional* y, desde luego, *Supremo*.

Recientemente, varias jefaturas de las diferentes ramas del Azacán, infiltradas en todos los sectores de la población, habían sido instruidas para que comunicaran cualquier pista que condujera a la localización del manuscrito original del *Nican mopohua*. Durante años, la búsqueda había permanecido como un asunto de segundo orden, pero ahora, sin que la mayoría de los integrantes del Azacán conocieran el verdadero motivo, el documento volvía a cobrar un papel prioritario.

Su hermano David le había contado a César acerca de su renuncia de Impresiones Sal-San para dedicarse tiempo completo a pintar, y le había confiado algunos detalles acerca de una extraña investigación en la que lo habían invitado a participar. "Es esa izquierdista", había pensado César, "esa mujer lo está apartando del buen camino". Aunque David ignoraba que César pertenecía al Azacán, éste no quiso ahondar en el tema del libro para que su hermano jamás llegara a relacionarlo con cualquier fuga de información. Con lo que había dicho era suficiente. Sin despertar sospechas, también había obtenido algunos datos referentes a la propia Marisol y a los otros dos implicados. El taxi se adentró en una zona residencial.

—Aquí es —le indicó César al conductor, y bajó frente a una casona de estilo colonial. Tocó el timbre y, mientras esperaba una respuesta, observó el grueso portón de madera, que tenía imágenes religiosas esculpidas. Se abrió una pequeña puertecilla y César vio los ojos de una persona que le exigió una contraseña. César se la dio y el portón se abrió sin un solo rechinido. El vigilante lo escoltó a través de un amplio jardín y lo hizo detenerse ante el pórtico de la mansión. Ahí esperaba otro sirviente, que abrió esta segunda puerta y acompañó al invitado al interior de la residencia, que se trataba de un sitio antiguo y perfectamente conservado.

En el umbral de una antesala estaba esperándolo un hombre de aproximadamente sesenta años y porte distinguido. Estaba envuelto en una bata de seda negra y parecía un personaje de película. Él y César se saludaron y el anfitrión lo invitó a sentarse. En el interior de la estancia había varios estantes de caoba en los que descansaban libros forrados en piel, todos con títulos de temas religiosos o políticos.

—Primero, lo primero —dijo el licenciado Abarca—, y después le ofrezco algo de comer. El cardenal y el abad de la Basílica están sumamente interesados. Me llaman constantemente.

César, con toques de afectación en los ademanes y la voz, le dio los detalles de su investigación acerca del codiciado manuscrito. Su interlocutor escuchó con atención y recelo, y por los cambios en su expresión, era evidente que las palabras de César lo inquietaban.

—Qué historia… Entonces, ¿su hermano también está implicado? —quiso confirmar el licenciado Abarca.

—Le ruego que interceda por él —murmuró César—. Es culpa de esa mujer, esa liberal lo embaucó. Yo me encargaré de que termine con esa relación, por él meto las manos al fuego. David es inocente, le aseguro que no tiene nada que ver en el asunto.

***

Apoltronado en su silla, el vigilante estaba a punto de quedarse dormido cuando una voz lo hizo volver del letargo.

—Buenas tardes —saludó Marisol con su acento fingido—. *You remember*… ¿se acuerda de "nos"?

—Sí, sí, mi compañero me explicó… —autorizó el vigilante, aturdido.

—Por nosotros no se preocupe —dijo Mateo, y le tendió un billete al hombre—, siga trabajando y nosotros nos habremos ido antes de que cierre.

—Adelante, adelante —respondió el guardia con un bostezo. Los tres se internaron en el Colegio y Mateo dijo en voz baja:

—Bueno, pues no perdamos tiempo. Marisol, tú quédate cerca de la entrada y cuando nuestro amigo esté roncando, te sales.

—Nos vemos mañana temprano. Con cuidado —dijo David, tenso, y besó la frente de Marisol a modo de despedida.

—Ustedes también. Mucha suerte —deseó Marisol, sin convicción—. No creo que pueda dormir, así que cualquier cosa me llaman. Estaré pendiente del celular. Mientras, trataré de resolver el acertijo de la triple fecha.

Marisol se alejó caminando. David y Mateo la observaron partir, temerosos. Después recorrieron con lentitud ambas plantas del Colegio y se escondieron en un sanitario. Cada uno estaba posado sobre un inodoro, como buitres, y así esperaron hasta las seis de la tarde, hora en que el vigilante apagó la luz de las instalaciones y cerró la puerta del sanitario sin molestarse en revisar.

—Un par horas más —susurró Mateo, estirándose y sentándose en el suelo. Sacó de entre sus cosas una bolsa de plástico en la que traía las herramientas—. ¿Quieres una barra de granola?

—No tengo hambre —respondió David. Bajó del excusado y estiró las piernas. Sacó su celular de la bolsa del pantalón y redactó un mensaje para Marisol. Quería saber que se encontraba a salvo, tenía un mal presentimiento. Por suerte, la respuesta de ella no sc hizo esperar, y entonces David aceptó el refrigerio que Mateo había ofrecido. Conversaron en murmullos acerca de temas intrascendentes, distrayéndose del lento paso del tiempo y sin mencionar nunca a Marisol. A ratos guardaban silencio, recargados en la pared del baño y sumidos en sus propias reflexiones. Ambos sabían que muchas de ellas incluían al mismo personaje: Marisol. Pero esa noche firmaron una tregua silenciosa, y los celos de los dos permanecieron latentes, dormidos.

En la madrugada abandonaron sigilosamente el baño y se dirigieron a la fuente que se encontraba en el centro del jardín. En los corredores de los dos niveles había encendidas algunas luces de baja intensidad, y las sombras de los dos hombres se arrastraban por el suelo, por las paredes. A pesar del aire frío, los dos transpiraban con abundancia. "Yo, un químico y él un pintor... Ninguno de los dos tenemos habilidades físicas ni la condición para salir corriendo a toda velocidad y saltar una barda, si fuera necesario", se dijo Mateo.

—No veo al guardia —susurró David. Intentaba ver al interior de aquel cuartucho cercano a la recepción—. De cualquier manera, agáchate lo más que puedas. Tenemos tiempo, házlo con calma.

Mateo comenzó a remover la baldosa utilizando la misma técnica de cincel y martillo con la que había destruido el suelo de la vivienda de la anciana. Aunque no podía distinguir con claridad a David, que estaba agazapado al pie de un árbol, le parecía que los latidos de los dos estaban coordinados, y que eran un equipo, un par de amigos metiéndose en problemas. A lo lejos se escucharon los aullidos de un perro y Mateo sintió una gota helada de sudor resbalando por su espalda.

—Tranquilo, si quieres yo le sigo —murmuró David.

—Espera, topé con algo —dijo Mateo.

—Shh —indicó David.

—¡Lo tenemos! —susurró Mateo, exaltado. Le mostró a David una caja metálica envuelta en plástico—. Tuvimos suerte, no la enterraron tan profundo. De vuelta al baño.

—Todavía no —insistió David—. Falta rellenar el hoyo, regresar la baldosa y esconder las cosas. Si quieres yo me encargo.

Al poco tiempo se arrastraron como lagartos hasta el baño, pendientes a cada ruido, a cada soplido del viento. La luna llena era cruzada por nubes que viajaban a toda velocidad, y la temperatura bajaba más y más con el paso de las horas. Mateo se sentía más vivo que nunca, su sangre galopaba en sus venas como una jauría enfurecida. David, en cambio, sólo pensaba en Marisol. Era una mujer fuerte, pero temía por ella.

Se sentaron sobre los inodoros, Mateo abrazaba el estuche como si se tratara del cofre de un tesoro. La emoción era tal, que acordaron tácitamente no hablar. Así pasaron el resto de las horas, tan incómodos que era imposible que durmieran. "Cada vez más cerca", pensó Mateo, "pero ¿cerca de qué?" Sus reflexiones estaban nubladas, eclipsadas por el agotamiento, pero tenían que ver con la búsqueda de un sentido a su existencia, con las ganas de comenzar de nuevo y hacer las cosas mejor. "Mañana llamaré a Mónica. No para que regresemos", se dijo, "sino para firmar los papeles del divorcio, como ella quiere. Funcionaremos mejor como amigos. Y tendré una oportunidad real de convivir con José". El rostro de su hijo se posó en su mente, y comenzó a recordar todos los momentos con él, desde su nacimiento.

David, por su lado, se distraía recordando palmo a palmo el cuerpo desnudo de Marisol. Le invadieron imágenes inventadas de ella con Mateo, y aunque trató de borrarlas, siguieron molestándolo hasta que los primeros rayos del sol entraron por la ventana del baño.

—Oye, ¿no tienes algo más de comer? —preguntó David—, los ruidos de mi estómago podrían despertar hasta al vigilante, allá abajo…

—No tengo nada más… perdón. Cómo se nota que somos aficionados, ¿no? —dijo Mateo desde el cubículo contiguo, divertido y cansado. Finalmente escucharon pasos. La puerta del baño se abrió y la luz iluminó el cuarto. Los pasos se alejaron, y los dos hombres se pusieron de pie.

—Seguro había una mejor manera de hacer esto —dijo David mientras se estiraba. Sus vértebras crujieron—. Más te vale que me invites un buen desayuno saliendo de aquí.

—Te lo prometo —dijo Mateo. Le agradaba esa sensación de camaradería. Acomodó su tesoro entre su cinturón y la espalda, se fajó la camisa y se puso el saco. De pronto se abrió la puerta del baño y los dos hombres se quedaron inmóviles, cada uno en su cubículo. Contuvieron el aliento. El inesperado visitante entró a un privado y cerró. Mateo y David se apresuraron a salir, enjuagarse la cara e intercambiar miradas en el espejo. Por fin, abandonaron el baño.

—Ya es horario de visita pero que ninguno de nuestros amigos vigilantes nos vea —susurró Mateo. En la escalera se toparon con un grupo de niños uniformados.

—Excursión escolar —dijo David.

—Perfecto —opinó Mateo. Salieron, mezclándose discretamente con los niños y adolescentes que en ese momento entraban, y pronto estaban fuera de su vista. La luz del sol les obligó a entrecerrar los ojos. Dentro de su bolsa, el celular de David vibró y se apresuró a responder.

—Sí, todo bien —le dijo a Marisol—. Hubiera preferido que esperaras en tu casa. Pues ya qué. Vamos para allá.

Mateo le preguntó con la mirada "¿Qué?"

—Era Marisol. Que está en una cafetería cerca de aquí. No sé desde qué hora nos espera ahí. Le dije claramente que se quedara en su casa, pero ya sabes...

—Marisol no es una mujer a la que vas a decirle qué hacer —advirtió Mateo, y enseguida se arrepintió de su indiscreción. Quiso arreglarlo, pero no se le ocurrió nada más que decir. Para su sorpresa, David asintió, resignado.

—Ya lo sé. Pero uno puede soñar —dijo con una sonrisa.

***

Las huellas del desvelo y la preocupación habían hecho estragos en el rostro de Marisol, pero no los suficientes como para robarle su belleza. Esperaba de pie fuera de la cafetería acordada, al parecer ni siquiera había pedido una mesa. La impaciencia la había llevado a morderse las uñas, vicio al que sólo recurría en casos extremos. Levantó ambas manos, como preguntando: "¿Y?" No pudo esperar a que llegaran hasta ella y avanzó a grandes pasos.

—Éxito —dijo simplemente Mateo, y ella soltó un aliviado suspiro y abrazó a ambos—. Cuidado, que el tesoro está por ahí —susurró Mateo al sentir la mano de ella sobre su espalda.

—Cállense y denos todo lo que tienen —dijo un tipo detrás de Marisol. Tanto David como Mateo sintieron entre los omóplatos las puntas de cuchillos o navajas. Estaban rodeados por tres tipos que parecían haber salido de la nada, aprovechándose del íntimo abrazo del equipo. Mateo sintió, pegado a su espalda baja, el plástico en el que estaba envuelto el estuche recién recuperado. "Gracias a Dios que no saqué el estuche de ahí", pensó Mateo.

—A ver, tranquilos, voy a sacar mi cartera... —dijo David con la voz entrecortada y comenzó a introducir la mano en su bolsillo. Marisol frunció el ceño, como indicándole a David que no estaba de acuerdo con eso.

—Suelta tu bolsa —le ordenó uno de los tipos a Marisol. Ella se aferró a sus pertenencias. "¿Qué haces?", le preguntó David a su novia con la mirada. Mientras tanto, Mateo estaba sacando el martillo y el cincel de la bolsa interna de su saco.

—¿Qué les pasa? —gritó uno de los tipos, agitado—, ¿quieren morirse?

—Estamos nerviosos, cálmate —dijo David, y sin moverse, estiró el brazo hacia atrás para tenderle su cartera al que lo amenazaba. Mateo pensó para sí. "O estoy loco, o finalmente estoy cuerdo", se dijo. El plástico del estuche lo hacía sudar. Pero tenía un propósito, y un grupo de parásitos inútiles no se lo iba a robar así porque sí. Se sentía enfurecido y despierto, aunque llevaba horas y horas sin dormir. Sostenía en una mano el cincel y en la otra el martillo.

—Marisol —dijo Mateo en voz muy baja—, *run. Now!*

Se volteó rápidamente y golpeó al tipo detrás de él con el martillo. El hombre se tambaleó, sangrando de la sien y con la mirada llena de sorpresa. Marisol reaccionó golpeando con su bolsa al hombre que amenazaba a David, y este último alcanzó a soltarle un puñetazo en la cara a otro más de los hombres. El trío de asaltantes se quedó pasmado por unos instantes, no era usual que los ciudadanos aterrorizados se defendieran. Mientras tanto, Marisol, David y Mateo huyeron a toda velocidad, energizados por el peligro y la adrenalina.

—Te dijeron que corrieras —le gritó David a Marisol, sin dejar de correr—, ¡te pudieron haber matado!

—¿Vienen detrás de nosotros? —preguntó Mateo, temiendo voltear. Ninguno de sus camaradas quiso verificar, y siguieron corriendo, sin darse cuenta de que el trío de asaltantes había sido sometido por un par de hombres de aspecto indígena.

* * *

—¿Estás loca, Marisol? ¡Y tú también! —seguía reclamando David a gritos. Se encontraban en el departamento de Mateo, y éste, además de cerrar la puerta con llave, había arrastrado un mueble para bloquear el paso en la entrada, aunque sabía lo inútil e infantil que resultaba.

—Perdónenme, David, Marisol… no podía dejar que se llevaran este estuche. Esos tipos ni hubieran sabido lo valioso que es.

—Si tú quieres arriesgar tu vida por esto, muy bien, pero ¿la mía?, ¿la de Marisol?

—Cálmate, David, no pasó nada —dijo Marisol, e intentó acariciar a su novio, que retrocedió, alterado.

—No, no pasó… pero pudo haber pasado.

—Si esos tipos en verdad hubieran traído navajas o cuchillos, los habrían usado —argumentó Mateo, sin estar muy seguro de lo que estaba diciendo.

—¡No me importa! ¡No tenías derecho! —respondió David. Su rostro estaba enrojecido de miedo y rabia, y Marisol no sabía cómo calmarlo.

—Ellos eran tres y nosotros también —jadeó Mateo. El sudor le bajaba por las sienes, y se sentía mareado y enfermo.

—¡Tres! ¡Dos y una mujer! —exclamó David. Marisol abrió mucho la boca y los ojos. No se había alterado... Hasta escuchar eso.

—¿"Una mujer"? —repitió incrédula—, ¿qué quieres decir con eso *exactamente*?

—¿Ahora no eres una mujer? —cuestionó David con ironía.

—Sí, una mujer que le pegó a un asaltante...

—Con su bolsita —completó David, furioso. Mateo no pudo evitar que se le escapara una carcajada. David y Marisol voltearon a verlo al mismo tiempo, enmudecidos. Al contrario de lo que hubiera pensado, Mateo no disfrutó de presenciar conflictos entre ellos, pero eso de "la bolsita", sobre todo en el contexto de peligro y misterio en que se encontraban, había sido demasiado gracioso.

—Estamos un poco alterados —dijo Mateo, temiendo que las represalias se tornaran contra él—. Pero no pasó nada. Voy a hacer café y sacarme esta cosa de metal que me está perforando la espalda...

—¿Todavía traes eso ahí? —preguntó David, incrédulo.

—Sí... no se me había ocurrido sacarlo.

Los tres se quedaron en silencio y finalmente rompieron a reír, liberando de este modo todo el estrés acumulado. Marisol y David hicieron las paces y Mateo extrajo de su espalda el estuche metálico envuelto en plástico húmedo.

—¿Listos? —preguntó. Sus interlocutores asintieron, ansiosos—. Mejor nos tomamos un café antes, ¿no quie…?

No lo dejaron terminar. Se abalanzaron sobre él y después de un alegre forcejeo, Marisol se apoderó del tesoro, lo desenvolvió lentamente y los tres lo miraron, expectantes.

—¿Y? —presionó David—, ¡ábrelo!

Marisol sonrió.

—Tiene chapa.

La chica pensó que se les había escapado alguna pista que los habría llevado a encontrar la llave de la caja, pero los dos hombres no tenían intención de esperar ni un minuto más. Mateo ya había sacado una navaja y después de varios intentos para forzar la chapa, logró abrirla. El trío rodeó el estuche. Estaban tan cerca, que respiraban el mismo aire. Dentro había varias hojas enrolladas, no tenían apariencia de antigüedad. Mateo las desdobló y comenzó a revisarlas.

—Lee en voz alta —exigió Marisol—. Es un texto… lo firma mi amigo Gabriel.

A quien corresponda:
Un día, al supervisar las restauraciones a mi cargo en la antigua Basílica de Guadalupe,

me salpiqué la camisa con cemento. Me la quité para limpiar las manchas y de inmediato dos trabajadores de ascendencia indígena, que nos ayudaban en las reparaciones, se acercaron a mí con un poco de agua para ayudarme. A pesar de sus rostros habitualmente inexpresivos, noté que se impresionaron al descubrir en mi pecho el lunar que ahí tengo en forma de mano.

Marisol y David intercambiaron miradas.

—Enséñale —le indicó Marisol a su novio.

—¿Por qué? —respondió David, llevándose instintivamente la mano a las costillas. Aún no estaba seguro de querer involucrarse más—, ¿qué tiene que ver?

—Yo voy primero, entonces —dijo Marisol, decidida, y se desabrochó los dos últimos botones de su blusa.

—¿Qué haces? —preguntó David, irritado. Pero Mateo no estaba esperando que Marisol se desvistiera: él también estaba despojándose de su camisa y buscaba entre el vello de su pecho.

—¡Aquí está! ¿Es o no es una mano? —preguntó ansioso, volteando a ver ora a David ora a Marisol. La chica se acercó y sus ojos se abrieron mucho.

—¡Sí es! —exclamó—, como el mío y el tuyo, David.

—A ver, yo te digo —refunfuñó David, intentando cerrar la playera de Marisol—, nada personal, Mateo.

Marisol se acercó a David y éste confirmó, asintiendo, que el lunar tenía forma de mano.

—Y bueno, ¿qué significa esto? —preguntó—, sigue leyendo, Mateo.

Después, a solas, los dos hombres me confesaron que eran descendientes de Antonio Valeriano, autor del *Nican mopohua*, el texto náhuatl donde se narran las apariciones de la Virgen de Guadalupe. También me revelaron que se habían empleado en la Basílica en espera de la persona que portara la señal: mi lunar. Me contaron la historia de su familia y la encomienda relativa al libro.

Los mandos católicos de los siglos XVI y XVII decidieron que en las copias que se realizaran del manuscrito original, no se incluyera su parte final, compuesta de cuatro series de trece versos cada una. El propósito era impedir la manipulación de las profecías ahí contenidas. La Iglesia asumió la responsabilidad de evaluar los acontecimientos de las distintas épocas, así como actuar en consecuencia y con la debida anticipación. En un principio hubo indicios de que cumplirían su palabra.

El primer aviso ocurrió en 1553. Se trató de un diluvio tremendo al que le siguieron nuevas inundaciones en 1589, 1604 y la de 1629, que pareció anunciar el fin del mundo.

En aquel momento se dijo que nunca se había visto un cielo tan furioso. Las aguas anegaron la ciudad durante cinco años. De las veinte mil familias que la poblaban, sólo sobrevivieron cuatrocientas. Miles de indios, criollos y peninsulares murieron ahogados, de hambre o de enfermedades. En aquella época fue notorio el auxilio de la Iglesia en el rescate de las víctimas.

Los sobrevivientes interpretaron los desastres como castigos divinos y cerraron filas. Vinieron años de prosperidad y esplendor. El inicio del siglo XVIII fue el periodo de reconstrucción más activo de la historia. La ciudad había rebasado la traza del siglo anterior debido al incremento de la población. Patrocinados por las distintas órdenes religiosas, florecieron colegios, templos y viviendas. El ambiente era de trabajo y celebración.

Todos parecían confiar en el progreso, pero había muchas injusticias y desigualdades que persistían, por lo que los aluviones, sequías y epidemias nuevamente hicieron de las suyas, en especial la peste de 1736, que duró tres años. A esta enfermedad se le conoce como Matlazáhuatl, el nombre indígena para designar al tifo. Sin distinción mató a 40 mil habitantes de la ciudad y a 200 mil más en el resto del país. Hubo poblaciones donde murieron cinco de cada seis personas. No es casual que en aquel año la Virgen de Guadalupe haya sido jurada como patrona de México para proporcionar unidad, consuelo y defensa contra la infección.

Fernando Tezozómoc, integrante del linaje de Valeriano y antepasado de los indígenas que trabajaban conmigo, al percatarse de que los clérigos habían perdido el control del documento original del *Nican mopohua*, prueba ya de su desinterés, lo sustrajo de la biblioteca de la Real y Pontificia Universidad de México

En los albores del siglo XIX, ante la inminencia de catástrofes y nuevos conflictos sociales, reaparecieron grupos radicales, antecesores del Azacán, que se asociaron con personajes poderosos del ámbito político. Uno de sus objetivos era apoderarse del manuscrito e imponer, a cualquier precio, su muy particular interpretación de los dogmas que ahí se exponen. Sus intenciones relacionadas con el texto jamás han sido claras. Por su lado, Tezozómoc heredó la responsabilidad del libro a dos de sus hijos más aguerridos y los comprometió, bajo sagrado juramento ante la imagen de la Virgen, a que se dedicaran, aun a costa de sus vidas, a la búsqueda de personas con un lunar en forma de mano. Estos elegidos, tarde o temprano, nos presentaríamos como los únicos facultados para tomar las medidas más adecuadas a fin de que las profecías no se cumplieran. El primer paso siempre debía ser la cooperación con las autoridades religiosas y civiles. Debíamos exigirles, con la debida cautela y discreción, el cumplimiento de este cometido. Sólo como último recurso, a causa del pánico y los hechos sangrientos que podría provocar, recurriríamos a la sublevación de la gente. Esto, generación tras generación, siglo tras siglo, debía repetirse tantas veces como fuera necesario.

Mateo hizo una pausa para respirar. Se cerró la camisa y se reacomodó en su asiento. Prosiguió.

He aquí el tercer asunto:
Además del estandarte que enarbolaba Miguel Hidalgo con la imagen de la Virgen de Guadalupe, personas cercanas a él aseguraban que bajo su sotana portaba un escapulario con la estampa de la Virgen, el cual protegía un lunar en forma de mano que tenía en el pecho. Este dato fue corroborado por un testigo que presenció el momento en que el Padre de la Patria tuvo que despojarse de sus prendas sacerdotales antes de ser fusilado. Cien años después, se sabría que el revolucionario Emiliano Zapata también

tenía en el pecho una marca similar, y que en el sombrero llevaba cosido un grabado de la Guadalupana.

Suspendió la lectura y dijo: ¡Este es el cuarto año!

Por desgracia, la obra de estos caudillos ha sido sepultada. Está de sobra señalar la gravedad de la situación actual. México se encuentra al borde del precipicio y el plazo se agota. En la medida de mis posibilidades y siempre en comunicación con los sucesores de Antonio Valeriano, aunque ellos se mantenían a distancia, empecé a documentarme sobre el tema y a concertar encuentros con sacerdotes progresistas, políticos, académicos y algunos medios de comunicación. La mayoría se burló, otros estimaron que era una causa perdida o quisieron darle tintes amarillistas. Pudo más su temor al enfrentamiento o al ridículo. Sin embargo, los altos jerarcas eclesiásticos me ofrecieron su apoyo con la condición de que llegara hasta el fondo del asunto y les presentara pruebas de que así lo había hecho. Tuvimos varios encuentros pero aún no habíamos llegado un acuerdo definitivo en cuanto a las acciones que se tendrían que tomar, cuando empecé a recibir amenazas anónimas. De esta forma, mis compañeros y yo convenimos en este plan alterno. Resultaron también excelentes artistas. Con fines comparativos y tendientes a atar todos los cabos sueltos, pintaron a la Guadalupana en su forma tradicional en el ventanal del despacho y ya previamente habían pintado, sobre un lienzo, a la primigenia. Revisen el informe de los expertos que aplicaron rayos infrarrojos al cuadro de la Virgen. Lo que aquí menciono lo comprobé de forma rigurosa, histórica y científica. En la última hoja adjunto la bibliografía consultada.

—A ver, Mateo —interrumpió Marisol, yo sigo sin entender por qué tu amigo te llamó, justamente a ti, después de años de no estar en contacto. ¿Sabía lo de tu lunar?

—Cuando Gabriel me habló, no dijo mucho. Estaba evasivo y con la mente distraída. Te puedo decir que tuvimos una clase de natación juntos cuando éramos niños, y nuestros compañeritos fueron los que encontraron los lunares, en su pecho y en el mío. Hubieras visto cómo nos molestaban... Ese día de la Basílica supongo que Gabriel planeaba hablar mucho más conmigo, pero se lo llevaron. Todo esto lo escribió antes de contactarme, pues no está dirigido a mí. Me imagino que los compañeros que menciona también se encuentran secuestrados, o tal vez piensan que si me contactan, puedo acabar como Gabriel.

—Pero, ¿y entonces? —comenzó Marisol.

—Dejemos que acabe… entenderemos más así —dijo David.

Consideramos que la persona que finalmente encuentre este escrito no requerirá de mayores explicaciones. Dios la termine de bendecir e iluminar, y le infunda el valor para cumplir con esta misión. El doce del doce del doce es la fecha límite para cumplirla.

—¡Ahí están los tres números iguales! —gritó, entusiasmada Marisol. Se levantó para caminar un poco, mientras David la perseguía para intentar, de nuevo, terminar de cerrarle la blusa. Mateo dejó caer las hojas en la mesa de centro y suspiró.

—Creo que necesito un trago —declaró.

—¿No es muy temprano? —objetó David.

—Más bien ya se te hizo tarde —dijo Marisol. Al poco tiempo ella y Mateo bebían vino tinto, mientras David se tomaba un café instantáneo.

—A ver… recapitulemos —dijo Mateo. Su rostro proyectaba entusiasmo, pero también un agotamiento excesivo—. Estamos de acuerdo en que nuestra sociedad está en un proceso de deterioro sin precedentes, ¿no? Y en que las consecuencias de seguir en este camino serán fatales.

—Y a la cuestión social —intervino Marisol—, súmale la cuestión climática. Este país no está preparado para los desastres naturales que seguramente se avecinan. Los especialistas opinan que el Pico de Orizaba, el de Colima, el Tacaná, el Chichón y, principalmente, el Popo, que no deja de humear, pueden volver a hacer erupción. Además, dicen que continuará lloviendo y temblando. Un viejo poema náhuatl dice que la tierra, las aguas y el cielo son indomables, son los que mandan, y tienen memoria: no olvidan a sus agresores y siempre regresan a sus orígenes.

—En México un pintor surrealista sería costumbrista —dijo David—. Es culpa nuestra. De todos los mexicanos, quiero decir. Hemos permitido todo, el clásico "dejar hacer y pasar".

—Como dicen, cada pueblo tiene el gobierno que se merece… —concordó Mateo—, no es sólo culpa de los de arriba. Todos hemos cooperado para crear las condiciones para que estalle, ya no una revolución, sino un caos total. ¿No creen? Yo, al menos, siento que la anarquía ya es incontrolable, y que todos podríamos haber ayudado si nos hubiera importado… Y además con los líderes que tenemos… ¿Dónde están los Hidalgo, los Zapata de nuestra época? —dijo con melancolía.

—Igual y somos nosotros —murmuró David mientras miraba al interior de su taza vacía.

—¿Nosotros? —repitió Marisol.

—¡Sí! —exclamó Mateo, con el entusiasmo renovado—. ¿Por qué no? Los héroes son de carne y hueso. Estoy seguro de que ni ellos mismos eran conscientes de los movimientos que encabezarían y simplemente se atrevieron a poner en práctica sus convicciones.

—Estaba bromeando, Mateo, pero Víctor Hugo tiene razón: deberías dedicarte a predicador —dijo David con expresión escéptica.

—¿Por qué no? —insistió Mateo. Tanto Marisol como David querían mantenerse cautelosos, pero el entusiasmo de Mateo comenzaba a contagiarlos—. Quizá suena quijotesco, pero no se necesita ser extraordinario para hacer cambios. ¡El hacer cambios es lo que nos hace extraordinarios!

—¿Cuánto vino has tomado exactamente? —quiso saber Marisol.

—Escúchenme: podemos empatar nuestros resultados con lo que escribió Gabriel y sacar nuevas conclusiones. El *Nican mopohua* habla de no permitir que el quinto tiempo se cumpla, y la fecha límite es el 12 de diciembre de 2012.

—De ahí que las apariciones de la Virgen hayan sido cinco, no fue casualidad —sugirió Marisol. Al ver que ella se había decidido a continuar el juego, David se animó también. "Qué importa", se dijo, "es un acertijo intelectual interesante":

—Y tal como lo apunta tu amigo Gabriel —dijo—, en los siglos XVII y XVIII hubo dos advertencias naturales: en 1629 ocurrió la peor inundación de la historia, y en 1736 se desató la epidemia de Matlazáhuatl. Después vinieron la Independencia y la Revolución. Entre todos los acontecimientos se mantiene una diferencia aproximada de cien años.

Pareciera que la energía negativa que la sociedad acumula se liberara cada siglo. En el doce del doce del doce, ¿qué nos esperará?

—Están las advertencias —dijo Mateo—, pero también las figuras en los ojos de la Virgen: mujeres, hombres, un anciano, niños de diferentes clases sociales y razas… lo que somos. Y las frases que hablan de reflexión, prueba y decisión. Todo encierra un gran mensaje para cada época, y estamos a punto de llegar a la última. Un enorme desastre acontecerá a menos que tomemos medidas.

Los tres se quedaron en silencio por varios minutos. "¿Nosotros? ¿Elegidos?", se preguntaba incrédulo David. Marisol, por su lado, se sentía emocionada y cada vez más convencida de la congruencia de los mensajes. "Y tenía que haber una mujer en el grupo de elegidos", se dijo, satisfecha, "la Virgen es mujer, ella sabe". Más allá de la emoción que Mateo sentía por ir uniendo las piezas del rompecabezas, lo embargaba el temor y el sentimiento de responsabilidad. "Yo estoy involucrando a todos en esto… quién sabe en qué puede acabar", pensaba, preocupado. A la vez, como líder, no podía dudar.

—La tentación y el miedo son grandes —declaró con solemnidad—. Por ejemplo, podríamos vender el libro y las pinturas, obtener un buen dinero y olvidarnos del asunto. Pero, también, podríamos intentar algo…

—¿Por qué no le comunicamos todo esto a la gente? —propuso Marisol—, vendamos la idea de que le fallarán a la Guadalupana quienes no atiendan su mandato divino, si cabe decirlo así. La mayoría de los mexicanos son devotos de la Virgen…

—Quedarían dos años para que una población con vicios de siglos y siglos, cambie… —dijo David.

—Uf —suspiró Marisol—, creo que todo esto nos está rebasando.

—¿No nos estaremos pasando de ingenuos? —preguntó David—, si le damos esta información a los medios, al gobierno, a la Iglesia, todos manejarían el asunto a su conveniencia, claro, asumiendo que lo tomaran en serio.

—Tal vez tengas razón, pero la ingenuidad a veces funciona —dijo Mateo pensativo, y se levantó para ir a mirar las pinturas.

—Digamos que informamos a la gente. No podríamos arriesgarnos a que nos asocien a partidos políticos o sectas extrañas. Tendríamos que darle a las personas la opción de hacer lo correcto, y esperar lo mejor —dijo Marisol.

—¿Esperar que los mexicanos hagamos lo mejor? —se burló Mateo—, eso sí es ingenuidad.

—¿Qué propone usted entonces, señor escéptico? —reviró Marisol. Mateo suspiró y miró al suelo.

—Tienes razón. No sirve de nada quejarse. Tenemos que pasar a la acción, aprovechar esta oportunidad y creer que podemos provocar algún cambio. Pero ¿qué hacemos?

***

Atardecía cuando Mateo despidió a Marisol y a David. Las últimas horas habían estado llenas de peligros, de emociones encontradas, de descubrimientos. Mateo cerró la puerta y volvió a bloquearla con un mueble. Limpió un poco el departamento y pensó en llamar a Mónica. Quería hablar con su hijo, pero la paranoia lo detuvo. No valía la pena involucrarlos en aquel asunto. "Quizá me están espiando, o han intervenido mi línea", se dijo. Volvió a leer el texto de Gabriel y, agotado, se tiró en la cama. Después de un par de horas de revolcarse sin éxito, supo que el insomnio vencería. "¿Por qué estoy metido en esto?", se cuestionó. Miró su pecho. Ahí estaba la respuesta. Pero ¿y si todo era una fantasía? "*Nican mopohua…* profecías… ¡Yo soy un hombre de ciencias! ¡Un tipo racional!", pensó. De pronto, la posibilidad de deshacerse de todo el asunto y volver a su vida cotidiana le pareció muy tentadora. Buscar trabajo, convencer a Mónica de volver o rehacer su vida como soltero… Pero ¿y Gabriel? ¿Cómo había podido quedarse de brazos cruzados?, se preguntó, furioso consigo mismo. "Debí haber salido tras él, intentar salvarlo o averiguar algo, al menos. Pero tuve miedo. Me paralicé, como siempre". Y Gabriel seguía desaparecido y, dadas las circunstancias, sólo se podía pensar que le había ocurrido lo peor. Mateo se reprochaba haberle dado más importancia a un juego de acertijos que al secuestro de su amigo de la infancia. "Pero", se dijo, "es lo que él me pidió. Quizá él sí comprendía la importancia del asunto, sabía lo que estaba haciendo", se consoló. No confiaba en las autoridades, pero si no tenía noticias de Gabriel pronto, tendría que recurrir a ellas. Si los secuestradores habían hecho confesar a su amigo y lo que querían era el original del *Nican mopohua*, ya debían haberlo contactado para exigirlo como rescate.

El peligro en el que sin duda Gabriel se encontraba, renovó el entusiasmo de Mateo. La misión que él le había encomendado era un motivo suficiente para seguir adelante. Tenía que dar a conocer el hallazgo, pero no era tan sencillo. Contactar a la prensa y presentarse como un excéntrico en posesión de un mensaje profético de la Virgen de Guadalupe no parecía la opción más viable en una época dominada por el escepticismo. "Piensa, Mateo, piensa", se reclamó. Tal vez la clave estuviera en un lugar que Víctor Hugo había mencionado la otra noche: La Biblioteca Pública de Nueva York. ¿Qué importaba que fuera algo descabellado? Todo lo era, de cualquier modo. Mateo se levantó de un brinco y prendió su computadora.

Después de varios minutos de explorar la página de la biblioteca neoyorquina, Mateo buscó el *Nican mopohua*. De inmediato apareció una lista de resultados. Entre ellos había diversas adaptaciones populares del texto y otros libros relacionados con el pensamiento náhuatl y la literatura guadalupana. Según entendió, todos los títulos se podían consultar en una de las salas de lectura de la biblioteca. Mateo se detuvo en una versión que le llamó la atención porque, a diferencia de las otras, indicaba en letras rojas que no estaba disponible. Cuando ingresó en la ficha del título, encontró la siguiente descripción: "Valeriano, Antonio, *ca.* 1520-1605. Manuscrito náhuatl; Tepeyac, Códice, Ayate, Año de Nuestro Señor de 1548". Debajo de las características del libro, había una dirección de correo electrónico perteneciente al bibliotecario Ronald Hysten.

***

—Está bien, Mateo. Hago lo que tú me pidas, pero todavía no entiendo cómo ese señor Hysten podrá ayudarnos —dijo Marisol, desconfiada.

—Se trata de un especialista en libros antiguos que está dispuesto a viajar a México para certificar la autenticidad de nuestro manuscrito…

—¿Y eso de qué nos sirve? —preguntó Marisol, ¿no estamos seguros de que es el original?

—Si ese Hysten va a venir hasta acá, es porque quiere encontrar el modo de quedarse con el manuscrito —refunfuñó David—, te apuesto lo que quieras a que va a hacerte una oferta.

—Le advertí que no está a la venta —replicó Mateo.

—¿Entonces? —insistió Marisol.

—Le expliqué que lo que nos interesa es difundir el mensaje perdido de la Guadalupana. Y me ofreció todo su apoyo. Este bibliotecario conoce el valor del original del *Nican mopohua* más allá de su precio en el mercado de coleccionistas o libreros.

—Sí eres un poco ingenuo, Mateo… Nadie ayuda así nada más, sin esperar algo a cambio.

—Además, ¿crees que un completo desconocido podría generar algún impacto mediático? —cuestionó Marisol.

—Un hallazgo así debería ser muy importante para los medios mexicanos, con o sin bibliotecario —dijo David.

—Por desgracia, no es el caso —dijo Mateo con un dejo de amargura—, la población ya es muy desconfiada, creerían que es algo inventado a menos que tengamos pruebas. Además Hysten llevaría la noticia a Estados Unidos y los gringos son especialistas en montar fenómenos mediáticos. Eso juega a nuestro favor.

—¿Y cuál es el plan una vez que hablemos con el bibliotecario? —preguntó Marisol.

—Podemos empezar con algo sencillo, una pequeña conferencia. Con el respaldo de ese Hysten, es muy probable que encontremos a alguien entre las autoridades eclesiásticas o civiles que pueda convocar a la gente apropiada.

—No entiendo, Mateo —cuestionó Marisol—, tú mismo has dicho que no confías en ninguna institución… No sé, siento que todo esto se está saliendo de control.

—Piensa en los lunares, son señales incuestionables —respondió Mateo.

—Está mal que lo diga, pero a ver: Hidalgo, fusilado; Zapata, asesinado y el amigo de Mateo, al menos, desaparecido.

—Pues sí, de nuestras autoridades, de la "justicia", de los grupos extremistas, puede esperarse cualquier cosa, pero es necesario responder al llamado, no dejar esto a medias —dijo Mateo, cada vez más convencido.

—Está bien —aceptó Marisol, y volteó a ver a David, que asintió—. Me metí en esto porque quise, siempre me advertiste que podía ser peligroso.

—No estás sola —dijo David, y la abrazó. Mateo se levantó para dejarlos, consumido por los celos. Llegó hasta su coche y se encaminó a su departamento.

En el camino, Mateo iba sumido en sus reflexiones y manejaba por inercia. Traer a Hysten tenía un doble propósito. Por un lado, era el personaje perfecto para legitimar su ambicioso plan, y por otro lado, si algo salía mal, si al final algo les hacía arrepentirse de su vocación de profetas, el bibliotecario podría ofrecer una buena suma de dinero por el manuscrito, lo que les permitiría olvidar el asunto. Aunque el ocultar ciertas aristas del plan le hacía sentir culpable, no era su intención tomar ventaja sobre nadie. Si se llegara a concretar una venta, los beneficios se repartirían en partes iguales.

Por lo pronto se sentía satisfecho de haber convencido a Marisol de que lo acompañara a comer con Ronald Hysten: ella aportaría confianza a la reunión. A David no le había encantado la idea de no estar invitado, pero Mateo quería que el encuentro fuera lo más natural posible, no quería intimidar al bibliotecario siendo tres. Finalmente llegó a su departamento y el portero lo saludó.

—Vino el hermano de la señora —dijo.

—¿Qué? —preguntó Mateo, y su corazón se aceleró. El hermano de Mónica no vivía en la ciudad de México, y Mateo imaginó lo peor.

—Sí, le traía lo que usted le pidió, lo dejé que pasara y se lo debe haber dejado ahí afuera de la puerta.

—¿Qué? —repitió, y sin esperar respuesta, subió por las escaleras hasta su departamento. La puerta estaba entreabierta, la chapa había sido forzada. Se asomó al interior, temiendo que aún hubiera alguien ahí. Bajó de dos en dos los escalones hasta la recepción.

—¿Cuánta gente vino, Pedro? ¿Cuánta? ¿Por qué los dejaste entrar? ¿Cuánto tardaron en dejarme lo que encargué?

El portero se puso lívido e intentó inventar alguna excusa al ver que algo había salido mal.

—Es que en ese momento le ayudé a la señora del 3 a bajar las bolsas del súper, y…

Mateo lo dejó hablando solo y subió corriendo. La estancia y las habitaciones estaban volteadas de cabeza. Eso no había sido un robo común, sino además, un acto intimidatorio. Y claro, estaban buscando algo… Recordó a los hombres que se llevaron a

Gabriel, y no le costó mucho trabajo imaginarlos en acción. No tenía caso intentar arreglar el lugar, muchas cosas estaban destruidas e incluso habían regado agua en el suelo, arruinando algunas revistas y libros que después habían dejado caer. "¿Cómo es que nadie escuchó el escándalo que seguramente hicieron?", se preguntó furioso. "Claro, a nadie le interesa lo que le pase a los demás." Cerró la puerta de nuevo y se quedó de pie en el pasillo. No valía la pena buscar dónde había caído su teléfono fijo, y sacó el celular para llamar a Marisol y decirle las malas noticias.

**

—Viernes de quincena… —suspiró Marisol—, venga de donde venga, el tal Hysten debe estar atorado en un tráfico espantoso.

Marisol y Mateo llevaban más de una hora esperando al bibliotecario en el sitio acordado: un conocido restaurante del Centro Histórico. Ronald Hysten le aseguró a Mateo que había viajado en otras ocasiones a México y que conocía perfectamente el lugar al que debía llegar. Eso no disminuía la ansiedad de Mateo y Marisol. El miedo los tenía muy angustiados los últimos días, y ambos, sin confesárselo mutuamente, desearon en algún momento nunca haberse involucrado en el asunto.

—Mateo, ¿qué opinas? Yo espero que sí haya viajado a México, como te dijo. Ya estoy muy nerviosa, te juro que siento que todos alrededor me miran. ¿Por qué nos metimos en esto? —dijo Marisol.

—Porque queremos creer en lo imposible, supongo, convencernos de que pueden ocurrir milagros —respondió Mateo mientras jugaba con un sobre de azúcar.

—Sí, sí, y los lunares, y las pinturas y el *Nican mopohua* y…

Marisol se calló al ver que un sujeto de gabardina y sombrero se dirigía hacia ellos. Se trataba de un hombre albino de ojos hundidos, que se detuvo junto a su mesa.

—Perdón, no quise asustarla —se disculpó el hombre—, ¿señor Mateo Castillo?

—¿Ro-ronald Hysten? —tartamudeó Mateo.

—No. Precisamente de eso quiero hablarle —puntualizó el hombre, revelando así que no tenía problemas para hablar en español.

—¿Qué? ¿Quién es usted? —exclamó Marisol, y volteó a su alrededor buscando auxilio anticipadamente.

—Trabajo para un consorcio internacional con sede en Italia, y uno de nuestros principales clientes es descendiente de Lorenzo Boturini. Los derechos legales del documento original del *Nican mopohua* le pertenecen… aunque la Iglesia opine lo contrario.

—¿Cómo sabe todo esto? —preguntó Mateo mientras el sudor frío le recorría la espalda. Recordó lo que Víctor Hugo les había contado sobre el historiador italiano y su relación con la Virgen de Guadalupe.

—Es una historia muy larga. Por les puedo decir que desde hace muchos años perseguimos el manuscrito, y no somos los únicos. Tenemos investigadores infiltrados en organizaciones y otros lugares estratégicos. El señor Hysten me ha puesto al tanto de sus intenciones, y les quiero advertir que eso sólo complicaría la adquisición del documento.

Marisol era incapaz de decir una sola palabra. Mateo se aclaró la garganta.

—En concreto, ¿qué es lo que quiere?

—En concreto, saber dónde tienen el manuscrito.

—¿Nos está amenazando? ¿Qué…? —preguntó Mateo con voz temblorosa.

—Nosotros somos unos simples intermediarios… —intervino Marisol nerviosa.

—La persona que lo tiene ha sido secuestrada. Entre otras cosas, eso es lo que íbamos a informarle a Hysten… —improvisó Mateo, quien ahora dudaba incluso que el bibliotecario existiera.

—Si deciden llevar a cabo sus planes, no se imaginan los líos en los que se verán envueltos: legales y extralegales. En cambio, les podemos ofrecer un acuerdo razonable.

El hombre le extendió una tarjeta a Mateo y se puso de pie.

—Aquí están mis datos y los detalles de nuestra oferta. Nos vemos en una semana, en este mismo lugar, a las cinco de la tarde. Ustedes parecen ser personas inteligentes que tomarán la mejor decisión. No intente pasarse de listo, hasta luego.

Sin más, el hombre se levantó y abandonó el restaurante.

—Entonces no hay más que hablar —dijo Mateo, y se encogió de hombros.

—¿Qué? No lo puedo creer. ¿Nos vamos a dejar amedrentar por este tipo? Hace unos días pregonabas que el llamado, que no dejar nada a medias, y ahora bajas los brazos —reclamó Marisol.

—No estoy bajando los brazos —dijo Mateo—, simplemente creo que debemos ser precavidos: no vamos a arriesgar nuestra vida. Igual tenemos que saber que el mensaje de la Guadalupana va más allá de un manuscrito o de unas pinturas.

Mateo pagó la cuenta y se levantaron, confundidos. Al enfilarse hacia la salida, a ambos les embargó nuevamente la sensación de que infinidad de ojos los vigilaban desde tiempo atrás. Todas las personas con las que se cruzaban les parecían sospechosas, sobre todo dos hombres de rasgos indígenas que estaban en una banca de la entrada, esperando a que les asignaran mesa.

***

Víctor Hugo revisó con especial meticulosidad el expediente que contenía las pruebas incriminatorias. Observó con malicia los documentos ministeriales y las cintas acomodadas sobre su escritorio.

"Bien", pensó, "ha llegado la hora de hablar con el jefe de asuntos regulatorios de la farmacéutica". Para ese delicado movimiento no le gustaba usar la palabra extorsión: prefirió nombrarlo un convenio forzado.

Su estado de ánimo le sugería que la mentada *alternativa mística* sobre la que hablaba con Mateo muy probablemente se quedaría archivada en el catálogo de buenas intenciones. La tentación lo había vencido y ya no veía el momento de terminar con la esclavitud de la oficina. Después, ya sólo sería cuestión de tener la suficiente habilidad para administrar el dinero que obtendría de los laboratorios.

Respiró hondo y un segundo antes de que tomara el teléfono para marcar, entró una llamada. "¿Y ahora qué?", pensó. No quería retrasar más el momento, corría el riesgo de arrepentirse.

—Sí —dijo, con la voz de quien ha sido interrumpido a la mitad de algo muy importante.

—¿Víctor Hugo?

—El mismo.

—No te reconocí.

—¿Quién habla?

—Soy Mateo —dijo su amigo al otro lado de la línea. Su voz estaba agitada, como si hubiera estado corriendo.

—Mateo, ¿qué pasó?

—Algo muy malo. Necesito verte ahora mismo.

—¿Qué pasó?

—Marisol…

—¿Qué?

—Me acaba de hablar Marisol.

—¿Y?

—Secuestraron a David.

—¿Qué?

—Así como lo oyes. ¿Nos vemos en mi casa en media hora? No quiero hablar mucho por teléfono…

—Oye, si esto ya se puso peligroso, no quiero saber nada… ¿Qué tengo yo que ver en el secuestro?

—Están buscando el manuscrito. No sé quiénes, pero están dispuestos a ir hasta las últimas consecuencias. Nos tienen vigilados.

—¿Qué manuscrito?

—El original, el *Nican mopohua* —dijo Mateo, olvidando por momentos que no había informado a Víctor Hugo de todo.

—¿Vigilados? ¿El *Nican mopohua*? Ya sabía yo que algo me habían estado ocultando —dijo Víctor Hugo con la voz tensa y crispada.

—En media hora —repitió Mateo y colgó.

—¡Óyeme! —exclamó el abogado, pero era demasiado tarde. "Claro", se dijo, "me llaman de parte de la Virgen un segundo antes de que haga mis tejemanejes. Y me van a decir que es casualidad, ¿no?" Se puso de pie y le pidió a la recepcionista que pidiera un taxi para dirigirse a casa de Mateo.

***

—Así que Hysten no era Hysten, trabajaba para los descendientes de Boturini —concluyó Mateo. Víctor Hugo lo miró fijamente y sin cambiar de expresión.

—Y por lo que veo, mi amigo Mateo tampoco era mi amigo Mateo. ¿Qué diablos ha pasado? ¿Qué han estado haciendo? —preguntó, alternando sus regaños entre Mateo y Marisol. Ella estaba encogida en el sofá predilecto de Víctor Hugo, con los ojos hinchados y la cara empapada de lágrimas.

—Quisimos jugar a ser héroes y fracasamos —respondió Mateo lúgubremente.

—¿Y por qué me ocultaron todo? ¿Para qué todo ese montaje de las reuniones? —exclamó Víctor Hugo. Pero al escuchar los sollozos ahogados de Marisol, decidió que podía ajustar cuentas con Mateo después. Tomó fuerzas y preguntó:

—¿Con qué elementos contamos? ¿Cómo se enteraron de que se habían llevado a David?

—Hoy en la mañana fui a su casa porque no me contestaba el teléfono y me preocupé. Habían destrozado todo, ¡sus cuadros! —gimoteó Marisol, y no pudo seguir hablando.

—Y dejaron en la puerta una nota que no deja mucho a la imaginación. Quieren el manuscrito, y nosotros seguimos en su lista —completó Mateo.

—Pues supongo que los principales sospechosos son los del grupo de los Boturini… —dijo Víctor Hugo.

—Puede ser, puede ser… —murmuró Mateo, que estaba caminando por su casa en ruinas, de un lado para otro, sin parar—. Lo raro es que el tipo, con todo y su actitud amenazante, quería pagar por el manuscrito.

—No puedo creer que la Virgen y sus profecías nos estén metiendo en esto —suspiró Víctor Hugo. Evitó mirar a Marisol, pues su coraza de indiferencia y dureza se quebraría si veía esos ojos húmedos, esas manos sobre el corazón a punto de romperse.

—Por si eso fuera poco, en su nota Gabriel me advirtió que me cuidara del Azacán...

—¿Del Azacán? —exclamó Víctor Hugo—, ¿así que ellos también están detrás de esto?

—¿Sabes quiénes son? —gimió Marisol, sorbiéndose la nariz.

—Por supuesto, es una sociedad dizque secreta formada por reaccionarios que proclaman ser defensores a ultranza del catolicismo. He leído que están infiltrados en los más altos círculos de poder, tanto políticos como empresariales. Tendría bastante sentido que estén interesados en el *Nican mopohua*...

—Yo ya tuve suficiente. Esto es una locura —murmuró Marisol agotada. Mateo la miró de reojo y sintió que su sangre se detenía. Incluso así, desolada, le parecía hermosa, pero lo que la embellecía tanto era su amor por David. "Más me vale entender eso pronto", se dijo.

—Estoy de acuerdo —aceptó Víctor Hugo—, basta de intentar salvar a la sociedad, muertos no vamos a ayudar a nadie. Necesitamos llamar a la policía, cosa que tenías que haber hecho desde el secuestro de Gabriel. ¿Quién más está al tanto de lo que ha pasado?

—Antes de que llegaras hablamos con César, el hermano de David. Estos días estaba de visita por la ciudad y parece que tiene contactos en la policía que nos pueden ayudar —dijo Mateo—, tuvimos que contarle los pormenores de esta locura… Intentemos tranquilizarnos y por lo pronto, Víctor Hugo, deberías pensar qué vamos a hacer para formalizar legalmente la entrega del manuscrito, tenemos poco tiempo…

—Bah, ahora resulta que sí confías en mí… —gruñó Víctor Hugo—. ¿Y cómo estás tan seguro de que los descendientes de Boturini sí son los descendientes de Boturini?

***

Como indicaba el protocolo, a través de su celular y recurriendo a la clave que indica prioridad suprema, César solicitó una audiencia con el licenciado Abarca. Al igual que en la entrevista previa, el sesentón lo recibió en su mansión, envuelto en una bata de seda.

—¡No cumplió su palabra! —reclamó César entre inseguro y airado—, ¡liberen a mi hermano!

—No sé de qué me habla —refutó Abarca. César miró a su alrededor. Ahí se encontraban varios camaradas del Azacán, y todos negaron haber tenido algo que ver con el secuestro de David.

—¿De veras? —cuestionó César, al tiempo que escrutaba el rostro del hombre intentando leer en su expresión si era sincero o no.

—Mejor cuénteme lo que sepa —sugirió el licenciado. César se dejó caer en un sillón individual.

—Nada tengo que agregar a lo que le dije la última vez que nos vimos, salvo que mi hermano está desaparecido y yo pensé que...

—No falté a mi promesa de que se respetaría a su hermano. Le aseguro que nosotros no tuvimos nada que ver, más aún, ni siquiera estaba enterado. Alguien fuera de nuestro control lo hizo. ¿Y los amigos de él se encuentran bien?

—Sí... ¿Quién cree que haya sido? ¿Quién más está detrás de esto, licenciado?

—Lo ignoro, pero no se preocupe, lo encontraremos. Informaré de inmediato. Cuando todo esto se aclare y consigamos recuperar el libro, tendremos muy en cuenta su participación.

César abandonó la residencia, un poco más calmado ahora que contaba con el apoyo de sus camaradas. Tenía que forzarse a pensar en otra cosa para evitar que las horribles imágenes de lo que podría estar viviendo su hermano, lo paralizaran. "Me queda otra pista", pensó mientras paraba un taxi.

—A la Basílica, por favor —le indicó al conductor. Un rato después estaba frente a su buen amigo Diego, uno de los curas del lugar. Habían estudiado juntos el Seminario, pero César no había soportado la disciplina y se había retirado de la vida sacerdotal.

Sin embargo, la amistad entre ellos se mantuvo a través de los años y las distancias. César le resumió los hechos y su amigo escuchó atentamente, con gesto preocupado.

—Bien sabes que en toda institución siempre hay integrantes con comportamientos o ideas muy personales —dijo Diego.

—¿Ideas personales? —repitió César.

—A veces, extremistas o contrarias a lo que representan; otras, más liberales.

—Expláyate, por favor. Se trata de mi hermano.

—Aunque mis superiores mantienen en secreto esta clase de asuntos, algo escuché sobre el libro, sobre ese arquitecto Gabriel y sobre la reunión que ocurrió aquí, en el templo. Desconozco los propuestas del arquitecto, pero podemos imaginarlas porque también supe que el ala progresista de la Iglesia las vio con buenos ojos. La conservadora no. No creo faltar a mis votos si por último te confío que uno de los obispos auxiliares, el más radical, también se enteró y, sin guardar las formas, movió cielo, tierra e infierno para boicotear la reunión y evitar que se llegara a cualquier arreglo. No hace honor a su investidura y tiene prosélitos incrustados en todas partes. Internamente se está pensando qué hacer con él. A veces se me figura que está poseído.

—Creo que ya sé a quién te refieres. ¡El obispo Íñigo Sánchez! —susurró César.

—Vete con cuidado —aconsejó Diego en voz baja—, en las oficinas de la Arquidiócesis han estado pasando cosas muy raras. Pero yo no te he dicho nada.

***

Consciente de lo que son capaces los altos mandos de la Iglesia que pertenecen al sector más radical, César estaba realmente preocupado por su hermano. Además, si el preciado manuscrito llegaba a caer en las manos de esas autoridades eclesiásticas, se podía poner en riesgo su ascenso en la organización. Decidió contactar a un afamado policía judicial que había hecho varios trabajos sucios para el Azacán. Se trataba del comandante Felipe de Jesús Olivares, un auténtico mercenario que estaba punto de jubilarse. Para su fortuna, el comandante no mostró la menor reticencia: mientras hubiera un buen pago de por medio, todo era posible.

Después de llegar a un acuerdo con Olivares y trazar un mínimo plan de acción, César llamó a Marisol para asegurarle que David muy pronto regresaría, sano y salvo. "Quién soy yo, a fin y al cabo, para juzgar por qué se aman los que se aman", se dijo. La maniobra policiaca seguramente los conduciría también hasta Gabriel, el amigo de Mateo Castillo que había metido a todos en ese problema. "Falta que esté vivo", se dijo César, "ya pasó demasiado tiempo". Para mantener a distancia a los secuaces de Olivares, el obispo ordenó montar un dispositivo de seguridad alrededor de los involucrados.

El comandante se dirigió a la dirección que César le había indicado: una residencia ostentosa en una calle solitaria. Estacionó su camioneta a un centenar de metros del domicilio del obispo Sánchez, y él y sus tres hombres se dispusieron a esperar el momento preciso. El comandante siente la energía corriendo por sus venas, como cada vez que ha hecho un encargo. "No hay tiempo para negociaciones, al grano y punto", se repitió mentalmente. El Azacán siempre pagaba bien, pero en esta ocasión, en que le habían pedido que se metiera con un obispo, había exigido una recompensa más elevada. Al cabo de una hora de espera, los cuatro hombres observaron que un auto se aproximaba. El aire dejó de circular dentro de la camioneta y todos estaban a la expectativa. A una seña del comandante, los hombres descendieron en silencio y se agacharon detrás del vehículo. Comenzaron a arrastrarse en la oscuridad hasta rodear el coche, que se disponía a entrar por la puerta electrónica que se había abierto al verlo llegar. El chofer del automóvil abrió mucho los ojos y comenzó a sudar. El pasajero que iba en el asiento trasero, un anciano vestido de forma elegante, abrió la ventanilla y gritó:

—¡Quítense de mi camino ahora mismo! No saben con quién se están metiendo.

Los hombres de Olivares tenían órdenes de no dialogar ni negociar. Uno de ellos introdujo la mano por la ventanilla antes de que el anciano pudiera cerrarla, y abrió el seguro de la puerta mientras otro le ordenaba al conductor que apagara el motor del coche. Al poco tiempo, el anciano estaba sobre el hombro de uno de los agentes, mientras pataleaba y seguía gritando que a él lo protegía un poder más alto: el cardenal Rivas, que se iban a arrepentir. Olivares y los dos hombres restantes entraron por la puerta eléctrica hacia el interior de la casa.

El lugar estaba a oscuras y no se oían ruidos. No parecía haber nadie en el interior. En una mano el comandante sostenía un arma, y con la otra sacó de su chamarra una pequeña linterna. Los otros dos hombres estaban detrás de él, con pistolas en las manos. Al recorrer fugazmente la estancia con la linterna, sólo vieron algunos muebles. Siguieron caminando silenciosamente hasta que el comandante creyó escuchar voces amortiguadas. La sangre corría, caliente y excitada, por sus venas. "Un sótano secreto", se dijo, y cayó de rodillas. Sus hombres lo imitaron y pronto todos estaban buscando algo fuera de lo común en el suelo. Al cabo de unos minutos de ansiedad, a Atilano le llamó la atención un tapete demasiado mullido. Gateó hasta él y al quitarlo encontró una compuerta provista de una manija. Con una seña le indicó a uno de sus hombres que la abriera, y él y el otro dirigieron los cañones de sus pistolas a ese sitio. La compuerta cedió sin esfuerzo y sin ruido, y reveló una escalera. Un haz de luz salió del sótano y los sonidos de las voces subieron de volumen.

—Cúbranme —ordenó Olivares, y comenzó a descender. Dos hombres con trajes azules estaban ocupados en meter un cuerpo humano en un saco del ejército, y no notaron la llegada del comandante, que vio que el cuerpo de otro hombre, sujeto de manos y pies, reposaba sobre una plancha de cemento.

***

—¿Marisol?

—¡César! Dime, dime, por favor.

—David está vivo, Marisol —y al escuchar estas palabras, la chica dejó caer el teléfono y sintió una oleada de aire caliente azotarle el rostro. Cerró los ojos unos instantes, temiendo abrirlos y que la noticia hubiera sido un sueño. El auricular seguía colgando de la mesa y volvió a tomarlo.

—Marisol, ¿estás ahí? —preguntaba César.

—Estoy aquí, perdón, gracias, César, gracias. Déjame hablar con él, por favor, necesito…

Cuando César no respondió de inmediato, el corazón de Marisol se detuvo. Cayó de rodillas, aferrándose al teléfono.

—¿César? ¿Qué pasó? Dime, por favor, sea lo que sea —suplicó con un gemido.

—Tienes que prepararte… lo torturaron.

Marisol se quedó inmóvil y una retahíla de imágenes espantosas recorrió su mente, llenándola de terror.

—¿Qué le hicieron? Dime César, te lo ruego…

—Estamos en el Hospital Trinidad, ¿lo conoces?

—Voy para allá —respondió Marisol, y colgó el teléfono. Le costó mucho trabajo ponerse de pie: las rodillas le temblaban. Se recargó contra la mesita del teléfono y respiró hondo. Fuera lo que fuera que le hubieran hecho a David, estaba vivo. Eso era lo importante. Volvió a inhalar y en eso el teléfono sonó. Su corazón brincó dentro de su pecho.

—¿Sí?

—Marisol, soy César de nuevo… Dile a Mateo Castillo que venga contigo. Su amigo Gabriel está muerto. Alguien tiene que irlo a reconocer al forense y me parece que no tiene familia aquí.

—¿Qué? ¿Gabriel? ¿Muerto? —repitió Marisol, y su cabeza se llenó de imágenes de David siendo torturado y asesinado.

—Sí, desgraciadamente.

—Voy a llamarlo ahora mismo.

—¿Cómo? ¿No está contigo?

—No, fue a deshacerse de la causa de este desastre.

—¿La causa?

—Sí, del manuscrito…

—¿Qué? Y la temperatura en el cuerpo de César Rivero bajó bruscamente.

***

Mateo y Víctor Hugo entraron en el restaurante y el primero reconoció al albino, que llevaba la misma gabardina de la semana anterior. El hombre los invitó a sentarse con una seña y ellos se dirigieron a su mesa.

—Buenas tardes, señor Castillo —saludó fríamente el hombre—. ¿Quién es su amigo?

—No importa —dijo Mateo, intentando parecer duro. Víctor Hugo metió las manos a las bolsas de su abrigo con el mismo objetivo.

—¿Trae el manuscrito?

—No.

—¿Qué? No me diga que se va a pasar de listo.

Mateo le extendió la fotocopia de su identificación, una carta poder, una dirección, el número de una cuenta bancaria y le explicó:

—Me mandé el libro a mí mismo por mensajería hace unos días. Con estos documentos le darán el paquete. Yo ya no quiero saber nada del asunto y por eso les pido que ustedes lo recojan.

—En tres días se le depositará el pago —dijo el hombre, y sonrió por primera ocasión—. Buena suerte.

—Lo mismo digo.

Sin decir más, el hombre se levantó, dejó un billete sobre la mesa aunque no había tomado nada, y se marchó.

—¿Estás loco? —preguntó Víctor Hugo, una vez que el albino salió del restaurante—. Pensé que ese tipo de pagaría en efectivo. ¿Cómo puedes confiar en alguien así? Además, enviaste un tesoro nacional al extranjero. Lo único que nos queda por hacer, es…

—No me digas nada, Víctor, por favor —interrumpió Mateo—, lo que deberíamos hacer todos, si salimos vivos de ésta, es ir a la Basílica a darle gracias a la Virgen…

—¿Mateo Castillo? —preguntó un hombre de rasgos indígenas que a Mateo se le hizo muy conocido. Iba acompañado de otro hombre, se habían acercado tan silenciosamente que ni Víctor Hugo ni él habían notado que estaban parados a lado de su mesa.

—¿Sí?

—Usted lleva la marca, lo sabemos. Esto no se ha terminado. El quinto ciclo de tiempo está por cumplirse, y es fundamental que no desatienda el mensaje de Tonantzin. El ocaso revela secretos. Acompáñenos ahora mismo.

Víctor Hugo intentó detener a su amigo aferrándose a su brazo, pero Mateo se levantó y, sin discutir, siguió a los dos hombres con una actitud que sólo puede definirse como fe ciega, como quien busca reivindicación de todo su ser.

***

—¿Licenciado Abarca?

—Sí, soy yo.

—Me urge verlo. Habla *San*.

—¿Ahora qué?

—El asunto clave 33 va en camino a Europa…

***

—¿Comandante Olivares?

—A sus órdenes, jefe.

—Suba, el Procurador nos espera.

La quinta aparición, de Leonardo Ortega
se terminó de imprimir en marzo de 2011 en
Litográfica Ingramex, S.A. de C.V.
Centeno 162-1, Col. Granjas Esmeralda,
México, D.F.